千年王国の華

転生女王は二度目の生で恋い願う

久浪

22941

角川ビーンズ文庫

目次

千年王国の華

転生女王は二度目の生で恋い願う

人物紹介

花《か》鈴《りん》

〝千年王〟と呼ばれる西燕《さいえん》国《こく》の伝説の女王・睡蓮《すいれん》の生まれ変わりの少女。十七歳。前世の記憶を持ったまま、まったく同じ容姿で二百年後に転生した。

紫《し》苑《おん》

六百年以上の在位を誇る恒月《こうげつ》国《こく》王。外見は二十代半ば程度の美形。破天荒だが、懐が深く柔軟な思想の持ち主。直感が鋭い。

蛍《けい》火《か》

内界をとりまとめる神子長。二百年前までは西燕国の筆頭神子兼側近として睡蓮を支えていた。外見は二十代半ば程度の麗しい顔立ち。常に隙のない笑みを浮かべている。

雪《せつ》那《な》

花鈴の弟。即位を控える次期西燕国王。十五歳の儚げな美少年。思いやりがあって努力家。

瑠《る》黎《れい》

現西燕国の筆頭神子。表情は乏しいが、生真面目で誠実。

宗《そう》流《りゅう》

恒月国の筆頭神子。気さくで軽い雰囲気の青年だが、紫苑とは深い信頼で結ばれている。

本文イラスト／トミダトモミ

序章

　恒月国《こうげつこく》の首都は、活気に満ちていた。最も賑《にぎ》やかな通りには衣服から食べ物まで、様々な商品を取り扱《あつか》う店が立ち並ぶ。その中でも、露店《ろてん》がずらりと並ぶ区画に足を踏《ふ》み入れると、多種多様な衣装《いしょう》を着た人々が行き交《か》い、異国の空気が色濃《いろこ》く感じられた。

「別嬪《べっぴん》なお嬢《じょう》さん、見ていかないかい？　あんたにぴったりの綺麗《きれい》な布があるんだ」

　露店の前を通り過ぎようとした睡蓮《すいれん》は、「そこの翠緑《すいりょく》色の服を着たお嬢さん！」という声が耳に飛び込んできて、思わず自分の衣服を見下ろした。もしかして、と思い声のした方を振《ふ》り向くと、露店の商人が真っ赤な布を両手で広げて、大きく頷《うなず》いた。

　今の睡蓮は簡素な作りだが質のよい衣服を着て、後頭部の高い位置で長い髪《かみ》を一つにまとめた十七歳の少女の姿をしている。確かにお忍《しの》びで遊びに来た良家の子女に見えたとしてもおかしくはない。

「すごく綺麗な色ね。でも、ごめんなさい、今手持ちがないの」

　お金がないと断ると、「それならまた今度寄ってくれ」と言われ、睡蓮は「……そうね」と寂《さび》しげな笑《え》みを返し、予定通り王宮に向かった。

　王宮に着くとすんなりと中に通され、いつも彼を待つ露台に案内された。先ほどまで歩いてきた通りを頰杖《ほおづえ》をついて見下ろしながら、街中で耳にした異国風の旋律《せんりつ》を上機嫌《じょうきげん》に鼻歌でなぞる。賑やかな喧噪《けんそう》が蘇《よみがえ》るようで、ふっと口元が緩《ゆる》むのが分かった。

　いつ来てもこの国は活気と笑顔であふれている。そんな街並みを一望しながら彼を待つこの時間を睡蓮はことのほか気に入っていた。

　ふと思い浮《う》かんだ待ち人の姿に、鼻歌を止め、手元に視線を落とす。

　――こんな国を作れる彼ならば、違《ちが》う選択《せんたく》をしたのだろうか。

「相変わらず、調子外れな鼻歌だな」

　不意に後ろからかけられた声に、睡蓮は肩《かた》をびくりと揺《ゆ》らした。

「紫苑《しおん》」

　振り返ると、待ち人である男、紫苑が露台に入ってくるところだった。背が高く、体格がよい。黒色の髪は短く、名前と同じ紫《むらさき》の目は少々目つきが鋭《するど》いが、端整《たんせい》な顔をしている。二十代半ば程度に見えるが、この恒月国の歴《れっき》とした王だ。

「調子外れは余計なんだけど。紫苑、これ、何の歌か知ってる？」

「元を知っていたとしても、睡蓮を一度介《かい》すと原形なんて留《とど》めていないんじゃないか？」

「知らないなら知らないって言いなさいよ」

　からかうような言葉に、一言余計と睨《にら》むと、紫苑はくつくつと笑った。

軽く漏《も》れる楽しそうな笑い声に、睡蓮も顔をほころばせる。同時に感じた心の軋《きし》みには素知らぬふりをした。

「で、何の歌なんだ」

「表通りを歩いていて聞いたの。他国の商人が多い通りだったから……他《ほか》の国から入ってきたのかもしれないけど、その辺りで流行《はや》ってるんじゃない？」

「へえ。じゃあ、俺は聞き逃《のが》していたのかもしれないな」

視察と称《しょう》してよく街に下りている紫苑なら知っているかと思ったのだが、知らなかったようだ。逆に興味深そうな顔をしている。一商人のような恰好《かっこう》をして街に下り、気軽に民《たみ》と言葉を交わす紫苑に、度々《たびたび》臣下は頭を悩《なや》ませているようだが、何も紫苑は遊びに行っているのではない。王になって何年経《た》とうとも、民の暮らしを把握《はあく》してこそより良い国が作れると言い、定期的に街に下りているのだ。

そんな紫苑が王だからこそ、恒月国は物見遊山《ゆさん》客や商人など他国からの人間を多く受け入れ、常に新しい風を取り込み、緩やかに変化し続けている。まるで時が止まっているかのように、数百年もの間何も変化のない自分の国とは大違いだ。自分が作った国とは――。

「今度、何の歌か確かめるために一緒《いっしょ》に街に行くか」

え？　と思わず睡蓮は声を漏らした。紫苑はどうだと首を傾《かし》げている。その、今度があると疑わない様子に胸が苦しくなる。

懸命《けんめい》に微笑《ほほえ》み、ぎこちない口でそうねと言いかけたとき、紫苑が「でも俺が睡蓮の国に行く方が先かもしれないな」と言った。

「在位千年の式典が近いだろう？」

睡蓮が、ここ恒月国の隣《となり》の国、西燕国《さいえんこく》の王になってもうすぐ千年になろうとしていた。見た目は即位したときの十七歳のままだが、年齢《ねんれい》は見た目通りのものではない。紫苑もまた、すでに四百年の時を生きる王だ。

神に選ばれた王は不老の身を与《あた》えられ、玉座を降りる日が来るまで生き続ける。けれど在位千年に達する王は歴史上、睡蓮が初めてと言われている。

「ああ、そうだったわね」

式典の話が出るのは予想していたため、思いのほか自然に相づちを打ててほっとする。

紫苑はその反応に、呆《あき》れたような顔をした。

「おい、まさか忘れてたとか言うなよ？」

「やっぱり来るの？」

「当たり前だろ。睡蓮には即位してからずっと世話になっているからな」

当然のように「待ってろよ」と紫苑が笑ったから、睡蓮も目を細め微笑んで「待ってる」と言葉を返した。その後も他愛《たわい》ない話をしながら、睡蓮は痛む胸をそっと押さえた。

――ごめんね、紫苑。初めてあなたに嘘《うそ》をついてしまった。

そして、在位千年の記念日に至る三日前、睡蓮は西燕国の自室で一人の男と向き合っていた。神に仕える神子《みこ》であることを示す、青い衣《ころも》に身を包んだ男の名は蛍火《けいか》。千年間側近として睡蓮の側《そば》で支え続けてくれた存在だ。

「本当にこのまま、よろしいのですね？」

「……うん、いいの」

見飽《みあ》きるほど見慣れた蛍火の手には、陶器《とうき》のように真っ白で滑《なめ》らかな刃《は》を持つ変わった短剣《たんけん》が握《にぎ》られていた。儀式《ぎしき》用だというそれは不思議なほど美しい。

綺麗な顔に無表情を貼《は》りつけた蛍火の手を両手で優《やさ》しく包み、睡蓮は心からの笑みを浮かべた。

「蛍火。千年間支えてくれてありがとう」

きっと、彼がいなければこんなに長く王として立ち続けることはできなかっただろう。

蛍火には本当にいくら感謝しても足りない。

己《おのれ》の運命を完全に受け入れている様子の睡蓮に何を思ったのか、複雑な表情を浮かべた蛍火が「……もしも」とそっと口を開いた。

「……今一度、人生を与えられたとするなら、あなたはどう生きたいと望みますか」

そんなことを聞いて、どうすると言うのか。

死んだ人間は神の手により魂《たましい》を浄化《じょうか》され、新たな体でまた生まれ変わると言われている。真実は誰《だれ》にも分からない、言い伝えのようなものだ。それに、もしも本当に生まれ変わったとして、それはもう『睡蓮』ではない。

睡蓮は一瞬苦笑《いっしゅんくしょう》したものの、蛍火との最後の会話だと思って律儀《りちぎ》に考えてみる。自然とふっと笑みが消え、視線が下がる。

「普通《ふつう》に、生きたいかな。王にはならない、普通の人の幸せがほしい」

もうこんな苦しい思いは嫌《いや》だ。

蛍火が感情の読み取れない静かな声で、「そうですか……」と言った。

それで今度こそ最後だった。蛍火が無言で、白い刃の先を睡蓮に向ける。

「さようなら」

睡蓮は、目の前にいる男と遠く離《はな》れた国にいる人、そして自分の国に別れを告げ、目を閉じた。良いことも、楽しい時間もたくさんあった。普通の人生を送っていれば、出会うこともなかった人にも会えた。

「わたしの時代はもう終わり」

太古の昔、地上全《すべ》てと人間は、神により治められていたという。

あるとき、神は大地をいくつもの国に分け、それぞれに人間の王を立てた。やがて国々には人間が作った身分ができたが、神は身分によらず王を選び、選ばれた王には神から不老性と『神秘の力』と呼ばれる特別な力が与えられた。治世が長くなるほど増すその力は、使い方を心得ると瞬時の移動を可能にし、大地を豊かにすることができた。

神は王を選ぶが、選ばれた王が認められるかは民の判断に委《ゆだ》ねられている。

国を良く治める王はまさに神のように崇《あが》められるが、国を傾《かたむ》ける王は民の糾弾《きゅうだん》に遭《あ》い、死をもって玉座から降りる。そうして神の次の選定を待つ。

神から人間へ大地の統治が移り、幾《いく》千年、西燕国に一人の女王が立った。

彼女は西燕国本来の穏《おだ》やかな風土を取り戻《もど》し、農耕に力を入れると共に、身分による職業の選択の枠組《わくぐ》みを撤廃《てっぱい》した。改革は成功を収め、彼女は千年という破格の長さの時代を築いた。大きな政策はそのたった一つだったが、彼女が支持された最も大きな要因は神に与えられた神秘の力による御業《みわざ》だったという。

しかしその女王は、在位千年に至る直前、王位の返上を神に認められ自害したと言われている。

彼女の死後、王の呼称《こしょう》を『千年王《せんねんおう》』、その王が治めた長きにわたる安寧《あんねい》の時代を『千年王国』として、西燕国のみならず多くの国にその名が轟《とどろ》いた。

『西燕国千年王記』

一章

　年中祭りのように賑《にぎ》やかな恒月国の街中を、『わたし』は前方の背中を追いかけて歩いていた。黒い衣服の背中は広い、しかしあまりに人が多いものだから見失いそうになる。とっさに手を伸《の》ばしたけれど、手が届く前に背中は人混《ひとご》みに完全に紛《まぎ》れて消えてしまった。放心した『わたし』は足を止め、行き場を失った手を下ろしかけ——たところで、その手を誰かに摑《つか》まれた。顔を上げると、そこには見失ったはずの紫苑が立っていた。

『見つけたぞ、睡蓮。振《ふ》り返ったら姿が見えないから焦《あせ》った』

　ほっとしたような笑《え》みを見て、『わたし』も安堵《あんど》を覚える。

　そのまま手を引っ張って、屈託《くったく》なく笑って先を示す紫苑に、『わたし』も微笑み返した。

『案内したい場所がいくつもある。まあ、今日で時間が足りなければまた今度だな』

——今度？　今度なんてない。だってわたしは……死んだのだから。

はっと目が覚めると、わたしは横になっていた。周りを見ると、朝の日差しが差し込む中、同じ宿の大部屋に泊《と》まっている人たちが眠《ねむ》っている。ゆっくりと身を起こすと流れ落ちてきた黒い髪《かみ》を払《はら》いながら、深いため息をついた。三日前都に着いてからというもの、前世の夢をよく見るようになった。

理由は何となく分かっている。きっと王宮のすぐ側にいるからだ。

「……しっかりしなくちゃ。今日こそ雪那《せつな》に会うんだから」

そう、今のわたしは西燕国の女王・睡蓮ではない。弟に会うため都を訪《おとず》れた平民の少女・花鈴《かりん》なのだから。

わたしは十七年前に西燕国の農民の第一子として、どういうわけか二百年前に死んだ前世の自分——睡蓮の記憶《きおく》を持ったままこの世に誕生した。しかもなぜか容姿まで前世と同じ。どうしてまたこの姿なのか、もしも前世の知り合いと会ってしまったら……などと複雑な思いはあったが、気持ちを切り替《か》え、今度こそ平凡《へいぼん》に生きていくつもりだった。そうして事故や病で早くに両親を亡《な》くしてからも弟と二人細々と生きてきたのに、三カ月前風向きが変わった。弟の雪那が西燕国の次期王に選ばれたのだ。

そうと知った日、村の人たちは雪那が王になればきっと不作を解決してくれると喜んでいたが、わたしは喜べなかった。どうして今度は雪那が……と青ざめたわたしを気遣《きづか》うように、弟は『大丈夫《だいじょうぶ》。行ってくるね、姉さん』と言って迎《むか》えに来た者に連れて行かれた。

　それから一ヵ月経《た》っても、連絡《れんらく》すると言っていた雪那からは手紙や言伝《ことづて》もなかった。そんなある日、村を通りかかった商人から首都で新王の評判が良くないことを聞き、心配になったわたしは思い切って自分から訪ねてみることにしたのだ。

　安宿から出て大通りを進んだ先には、白く美しい大きな王宮がある。

　その正門で、今日もわたしは衛兵と揉《も》めていた。

「本当に新王の姉なんです！　どうして会わせてもらえないんですか？」

　わたしの訴《うった》えに、衛兵は、もう一人の衛兵と顔を見合わせて肩《かた》をすくめる。

「そう言われてもなあ。昨日も一昨日《おととい》も言ったがただの農民が陛下にお会いすることはできないんだよ。大体よくもそんなみすぼらしい恰好《かっこう》で王宮に……」

　しっしっと犬や猫《ねこ》でも追い払うような仕草に、かっと頭が熱くなり、わたしは拳《こぶし》を握《にぎ》りしめた。

　首都に着いてからもう三日も交渉《こうしょう》を試みているがこの有様だ。

　かつてのわたしが王だった頃《ころ》はたとえ農民だろうと家族が面会に来たらきちんと会えていたのに。もっと納得《なっとく》のできる説明をしてほしい。

「いつから家族さえ王に会えなくなったんですか？」

「いつからって、少なくともお嬢《じょう》ちゃんが生まれた頃にはだよ。そもそも会える方がおかしいだろう。新王様が元は『農民様』でも、王様になるからには貴族より偉《えら》いんだからな」

にやにやと笑って衛兵が言い、別の衛兵も鼻で笑う。

この国に伝説として伝わる千年王が農民出身であることは、伝わっていないらしい。農民様という皮肉気な呼び方に、不快感を感じて衛兵を睨《にら》む。これだ。この新王を馬鹿《ばか》にした口ぶりにも納得がいかない。

西燕国は、かつては農耕が盛《さか》んで、国の全土にわたり穏やかな景色が広がっていた。だが、約二百年間王がまともに立たなかったせいで土地は緩《ゆる》やかに、しかし確実に痩《や》せてきている。作物の収穫量《しゅうかくりょう》も年々減っており農民たちを始めとした民《たみ》たちは今後に不安を覚えていた。豊作の年はもう百年以上訪れていないのだ。

正確には百年前に一度王が立ったが、治世は数年と短いもので安定するには至らず、その時代の政策は民の反感を買ったと言われている。そしてまた前王の時代から百年の時を経《へ》て、雪那が王に立とうとしている。歓迎《かんげい》されてもいいくらいだと思うのに、どうして即位《い》前からこんなに軽《かろ》んじられているのだろう。

「いいよなあ、神様に選ばれただけでただの農民が贅沢《ぜいたく》できるようになるんだから。失踪《しっそう》ばかりして役目を果たさなくていいなら、俺だって王様になって贅沢したいもんだ」

わたしは、もっと聞き捨てならないことを聞いて耳を疑った。

「失踪ってどういうことですか？」

「ああ、陛下は部屋に籠《こも》りきりか、失踪《しっそう》する癖《くせ》もあるって噂《うわさ》だ」

不審《ふしん》に思って聞き返したわたしに、衛兵が呆《あき》れたように言った。

わたしはさらに耳を疑いたくなった。

弟は気こそ強くないが、引きこもったり黙《だま》っていなくなったりしたことはない。そもそもあの子なら、環境《かんきょう》が変わっても勉強に励《はげ》んでいそうだ。違《ちが》う人のことを話していないだろうか？　その陛下とはわたしの弟で合っている？

それが事実だとしたら、弟を取り巻く状況《じょうきょう》は、思っていたよりも悪いのかもしれない。

「あーあ、百年振《ぶ》りだっていうのに農民が王様だとは。農民に政治なんかできっこないだろうに」

衛兵がぼやく側《そば》で、わたしはとてつもない焦りを感じていた。

雪那は――農民出身の次期王は、ほとんどが貴族出身の臣下の中で周りと上手《うま》くやれているだろうか。

まずは雪那の様子を確認して、場合によっては首都で働き口を探して時々会いに行こうと思っていたけれど……小娘《こむすめ》を早く追い払いたがっている衛兵をちらりと見て嘆息《たんそく》する。一歩も入れてもらえる気がしない。

だが雪那の身に何かが起きているのだとしたら、なおさら大人しく引き下がるわけにはいかない。何か、弟に会う手段はないだろうか。

「そろそろどこかに行かないと、不審者として牢《ろう》に入れちまうぞ。王宮に入りたいって言うなら、それで入れるけどな」

「なっ……！」

衛兵が軽口のように言うが、やりかねないと思って、反射的に身構える。故郷の役人は、自分が法であるかのような横暴な振る舞《ま》いをしていた。この国は、もうわたしのよく知る国ではないのだ。

「失礼」

唇《くちびる》を噛《か》み締めたそのとき、衛兵とわたしの間に割って入った声があった。涼《すず》やかな声音《こわね》に、思わず息をひゅっと飲み込んだ。この体では初めて耳にする、懐《なつ》かしい声だ。

「——蛍火？」

反射的に名前を呼んでいた。

衛兵が退くと、正門の前に背の高い男が一人立っていた。

まず目を引いたのは、銀色の刺繍《ししゅう》がされた濃青色《のうせいしょく》の衣《ころも》だった。肩の辺りで緩くまとめられ前に流されている長い銀髪《ぎんぱつ》と、他《ほか》の色の混ざらない真っ黒な瞳《ひとみ》。そこには記憶と寸分違《たが》わない姿があった。

蛍火。前世わたしが王であったとき、最も側に、最も長くいた男だった。

「神子様！」

衛兵はわたしの呟《つぶや》きには気がつかず、慌《あわ》てて頭を深く下げた。その俊敏《しゅんびん》な動きに、蛍火を凝視《ぎょうし》していたわたしは、はっと我《われ》に返った。

今のわたしは花鈴だ。睡蓮ではなく、花鈴。前世は終わった。容姿は同じであっても、新しくこの世に生まれ直したただの人だ。

王や神子の名前は、民には知られていない。衛兵にわたしの声が届いていなかったのなら、彼にだって聞こえていないはずだと思って、衛兵に倣《なら》って慌てて頭を下げる。

まさか蛍火がまだ王宮にいるなんて……。王の崩御《ほうぎょ》と共に神子も内界に戻《もど》るはずなのに予想外もいいところだ。蛍火に恨《うら》みはないが、前世の関係者にはできるだけ関《かか》わらないと決めている。

しかし、とん、と。肩を叩《たた》かれた。青い衣の裾《すそ》が眼下に見えて、驚《おどろ》きで一瞬《いっしゅん》確かに心臓が止まった。目の前にいるのは、『彼』だ。

「顔を、上げてくださいますか」

「……いいえ、とんでもありません。わたしは王宮に入ることも許されない身分ですので、神子様の前で顔を上げることは畏《おそ》れ多いことです」

神子とは、神のお膝元《ひざもと》である内界より派遣《はけん》された、神に仕える者のことだ。時に神の代理人として力を行使し、歴史を記録する役割を持つ。そしてその役割ゆえに人の身でありながら、王と同じく神より不老性を与《あた》えられた特別な存在。

王に次いで畏れ多い雲の上の存在なのだから、そういう態度を演じなければ。

「随分《ずいぶん》見知ったお顔に見えたのですが」

「神子様に知り合いはいませんので、他人の空似かと思われます」

顔を見られていたようで、内心緊張《きんちょう》でどきどきする。そんなわたしの言葉を聞いて、前方でため息が一つ落ちた……かと思えば、肩を摑《つか》まれ、強制的に顔を上げさせられた。まさかの強行に、呆気《あっけ》に取られているわたしの目の前には、やはりよく知った姿がある。

蛍火は、整った顔立ちを少し強張《こわば》らせていた。

「それならなぜ、私の名を知っているのですか」

どうやら、聞こえていたらしい。わたしは押し黙るしかなかった。


「やはり睡蓮様ですね」

神子は、国付きと呼ばれ各国に派遣されている者以外は、内界と呼ばれる特別な地に住まう。特別と言われる所以《ゆえん》は、神と唯一《ゆいいつ》交信ができる地だからで、その他の国々のある地は内界に対して外界と呼ばれる。

その内界へと、わたしは蛍火に連れて来られ、蛍火の私室だという部屋で確認《かくにん》するようにじろじろ見られていた。

「……そうだけど」

誤魔化《ごまか》す方法が見当たらないので、仕方なく肯定《こうてい》する。

油断していた。まさか王宮で蛍火に再会するとは夢にも思っていなかった。

各国の王宮には十人前後の国付き神子がいるが、王の崩御と共に全員国から去り、次の王の時代に向けて新たな神子が来る。だから不老の神子とはいえ、前世で国付きの筆頭神子だった蛍火はもう西燕国にいないと踏《ふ》んでいたのだ。

「前世のことを覚えていらっしゃるのですか」

「わたしも驚いたと言うか、訳が分からないんだけど……普通《ふつう》じゃないのよね？」

「……ええ、そうです」

蛍火は、眉間《みけん》に深く皺《しわ》を刻んで片手で口元を覆《おお》った。返事はどことなく上の空で、それからすっかり黙り込み何事か熟考しているようだ。

「しかし、まさか、再び睡蓮様と言葉を交《か》わせるとは……」

呟き、にわかに蛍火は膝をつき、恭《うやうや》しく頭を下げた。最敬礼だった。

「挨拶《あいさつ》が遅《おそ》くなりました。お久しぶりです、睡蓮様」

「やめて、蛍火。頭上げて」

わたしはしゃがみこみ、深々と下げられた頭を上げさせ、見えた顔を覗《のぞ》き込む。

「わたしはもう王じゃない。蛍火がそうやって頭を下げる必要はないわ」

王であったわたしは死んだのだ。現在は、先ほどのようにわたしが頭《こうべ》を垂れる側だ。

「……それは、そうですが」

「立って。ほら」

両手を取って、蛍火を引っ張る。大人の男を立たせるような力はないので、立ってともう一度言えば、蛍火は渋々《しぶしぶ》といった様子ではあるものの立ち上がってくれた。

「久しぶり、は久しぶりね。わたしにとっては十七年振《ぶ》り」

生まれ変わって十七年。前世で死ぬときまで、ほとんど毎日顔を合わせていた記憶《きおく》を持つ身では、間違《まちが》いなく久しぶりだ。会えたこと自体は、どちらかと言えば嬉《うれ》しい。

「蛍火にとっては――」

かつてのわたしが死んでから経《た》っている歳月を思い出し、言葉が途切《とぎ》れた。

「二百年ほど経ちましたか」

蛍火は、何でもないような様子で、わたしが言わなかった先を口にした。

外見の年の頃は二十代半ば程度に見える蛍火の全く変わらない容姿は、かつてのわたしが死んでから一日たりとも時間が経っていないかのような錯覚《さっかく》を抱《いだ》かせる。

「驚かせちゃったね」

「それはもう驚きましたよ」

「でも、蛍火はわたしが生まれ変わることは知っていたのね」

蛍火は前世を覚えているのかと聞いてきたが、わたしの存在自体に驚いたようには見えなかった。

「はい、世に言われていることがあるでしょう。人間は死ねばまた新たに生まれる、と。あれは本当ですよ。ただし前世の記憶は誰《だれ》も持ちえません。私にも前世があるのでしょうが、そんな記憶は一切《いっさい》ありません。……あなたが覚えている理由は分かりませんが」

「そう」

新たに生まれた理由は予想していた通りだが、記憶に関しては蛍火も分からないのか。

「それで今回の人生、いかがお過ごしでしたか」

蛍火は視線だけでわたしの姿を上から下までまんべんなく見た。わたしの出《い》で立ちは質素だ。農民の暮らし相応の服装で、手は荒《あ》れ、髪《かみ》も艶《つや》やかとは言えない。

「国の端《はし》の方の農村で農民として生きてるわ。前世で王になる前と同じ……ではないわね。飢《う》える心配はまだしたことがないし、農民としてはまずまずの暮らしよ」

前世の頃《ころ》は食べるものにも困っていた。それに比べれば、作物の実りは良くないが、今世は十分恵《めぐ》まれている。

「ではなぜ首都にいらっしゃるのです？　先ほど正門で何やら揉《も》めていらしたようですが」

首都から遠く離《はな》れた農村の農民が、王宮の門を叩くことは普通ない。蛍火は怪訝《けげん》そうな表情になった。

「それは、事情があって……」

わたしは衛兵としたやり取りを思い出して、ため息交じりに答えた。

「弟が王に選ばれたから会いに来たんだけど、取り次いでもらえなくて」

「弟君が？」

蛍火は驚いた顔をした。

一方わたしは、あることを思いついた。蛍火に頼《たの》めば、王に会うことなど造作もないだろう、と。正門を一歩も越《こ》えられなかったわたしとは違い、神子なら王宮の中を自由に歩き回れるはず。

とはいえ私的な理由で頼んでいいはずはないのだが、背に腹は代えられない。弟の様子は一刻も早く確かめておきたい。

「蛍火、再会したばかりですごく図々《ずうずう》しいんだけど、お願いがある」

「何ですか？」

蛍火が、嫌《いや》な予感でもしたのかわずかに顔をしかめる。

「王になる弟に、会えるように協力してほしい」

わたしは、慎重《しんちょう》に蛍火に頼みを明かした。

内心では緊張している。今のわたしはただの平民だ。蛍火は、知り合いとはいえ資格を持たない者を、立場を利用して王宮の奥に入れるような人間ではない。それでも、可能性があるのなら頼みたい……。

「会ってどうするつもりですか？」

淡々《たんたん》とした様子の蛍火に問われる。

「弟の現状を知りたい。あの子が今、どういう風に過ごしているのか。もしも困っているようなら助けになりたい」

「私が断れば、どうしますか」

衛兵に阻《はば》まれてから、何か手段はないかとずっと考えていた。蛍火の協力が望めないのなら自力でなんとかするしかない。しかし農民では下働きとして王宮入りするのが精いっぱいだ。王の側《そば》にいられるような上級女官には貴族の女子しかなれない。そんな中、わたしの身分でもたった一つだけ、自力で会える方法がある。

「……時間がかかっても、官吏《かんり》になるわ」

官吏になるためには、最低でも六年、専門の学校に通わなければならない。ただでさえ門戸が狭《せま》いのだが、王の側に行くためには、国で最も良い学校の成績上位者になる必要がある。

前世で王の経験があり、その手の改革を行ったとはいえ、官吏の道は厳しい。

けれどどれだけ時間がかかろうが、大変だろうが、他《ほか》に会う方法がないならやるしかないのだ。

その言葉を聞いた瞬間《しゅんかん》、蛍火が分かりやすく眉《まゆ》を寄せた。

「この国には、農民でも官吏になれる制度がありましたね」

「ええ。家族として会えないなら、その方法で会いに行くわ。それに弟が困っていたら、助けてあげられるもの」

昔は貴族しか官吏になる資格がなかったが、前世王であったわたしが変えた。

わたしに王として政治ができるのなら、もっと才能があり要領のよい者であれば農民でも官吏になったっていいはずだ。適性があるのならそれを発揮してもらった方がいい。農民に生まれたから、どんなに才能があっても死ぬまで農民であるべきというのは不平等だ。

そうして作り上げた制度は二百年経ったこの時代も健在らしい。どの程度わたしの知っている通りに機能しているかは怪《あや》しいものだが、助かった。弟の状況《じょうきょう》によっては、常に王宮にいて助けられることは利点だ。

蛍火は今、その制度が厄介《やっかい》なものであるかのような渋い顔をする。

「……二百年前、最後にあなたの口からこう聞いた記憶があります。『普通《ふつう》に生きたい。普通の人の幸せがほしい』と」

二百年前に死に際《ぎわ》で、蛍火に聞かれたことをわたしも覚えている。もう一度人生があるなら、どう生きたいか。確かにわたしは蛍火に言われた通りのことを答えた。

「それは、王にならないというだけでなく、かつて送るはずだった人生を思い描《えが》いたのではないですか？　今、弟君のことがなければ、あなたは官吏を目指そうと思わないのではないですか？」

　蛍火の問いかけに、わたしはふっと微笑《ほほえ》みそうになった。前世、誰よりもわたしを知り、理解していた蛍火は、きっと心配しているのだ。けれどそんな彼でも、わたしの隅々《すみずみ》まで理解しているわけではないらしい。

「だからよ、蛍火」

　わたしは、真剣《しんけん》な目で蛍火を見据《みす》える。

「確かにわたしは今普通に生きたい。前世と似たような境遇《きょうぐう》に生まれて、本当のやり直しではないけど、王にならない平凡《へいぼん》な人生を送れるんだと思った。弟が王に選ばれなければ、わたしは生まれた村で一生生きていたでしょうね」

　弟のことがなければ、王宮に近づきたくなかったのも本音だ。たくさん笑った思い出もあるけれど、思い出したくない辛《つら》い記憶《きおく》もある。

　だから、弟が王に選ばれていなければ、大切な家族である弟の幸せを見守りながら年を取り死んでいく、そんな人生を送っていただろう。

「でも、弟が王に選ばれた。今弟が困っていて苦しんでいるとすれば、わたしだけ村でのうのうと生きることなんてできない。弟に会いに行けて、助けになれるなら、わたしはわたしの望みを曲げても構わないわ」

衛兵から聞いた話の断片《だんぺん》では心配が募《つの》るばかりだ。そもそも今、王宮には弟が知っている人も気を許せる人もいないだろう。前世、わたしが王になった当初、周りに味方がいなかったように。

農民出身で王宮に顔見知りは当然おらず、信頼《しんらい》できる人間もいないというのは、とても心細い。知っている人が一人でもいれば少しは気が楽になるだろう。

「あなたは、相変わらず『家族思い』でいらっしゃる……」

蛍火が、苦いものでも食べたような声で呟《つぶや》いた。

「わたしは、弟に幸せに生きてほしいの。特殊《とくしゅ》な道を用意されてしまった今、なおさらわたしにできることがあればしたい。たとえ弟を支えるために何十年かかったとしても、その後の弟の人生が少しでも明るくなるのなら構わない」

たった一人の大切な家族だ。幸せに生きてほしいと思う。王の道の厳しさを知っていれば、同じ思いをしてほしくないと思うのは当然だろう。わたしの揺《ゆ》るぎない眼差《まなざ》しに、蛍火は少し黙《だま》り込んでから、「分かりました」と言う。

「王の側に連れて行って差しあげます」

「ありがとう！」

嬉《うれ》しさから、わたしは一気に笑顔《えがお》になりお礼を言う。ようやく雪那に会える！

ただ、蛍火がすぐに頷《うなず》いてくれたことは正直意外だった。

「でも、本当にいいの？　蛍火に得はないでしょ？」

「もちろん、条件があります」

やはり、無条件とはいかないか。わたしは居住まいを正す。

「あなたには神子の印をつけさせていただきます。代わりに、もしも弟君が本当に助けが必要な状況だった場合、神子として側にいることができるようにしましょう。ただし、それも期限は長くて三年程度。その間に王の側につきっきりでいなくてもよくなるように準備をしてください」

前半の内容も気になったが、三年という指定にわたしは驚《おどろ》く。官吏になる期間を挟《はさ》まずにいられるのは嬉しいが、期限が三年と短期間に区切られては堪《たま》らない。

「それはありがたいけど、三年は短すぎる。それなら自分で官吏になって会いに行って側にいるわ」

「官吏になってどうするのです？　王経験者が官吏になり、政治に関与《かんよ》したとして、できた時代はあなたの弟君の時代ですか？」

「そこまで手を出す気は――」

「何より、できるだけ早く会いたい理由があるのでは？」

それは、そうだ。六年を挟むより、今すぐ様子を見に行きたい。

「それなら家族として時折会えるように三年で整えればよろしい」

「そうは言っても……」

もう少し長くならないかと交渉《こうしょう》しかけてやめる。この計画、根本的な問題がある。

「……ねえ、そもそもわたし、神子になれるの？」

王は即位《そくい》と同時に大きな神秘の力を与《あた》えられ、それに適した体に作り替《か》えられるが、神子は元々王と比べると微々《びび》たるものの神秘の力を持って生まれた者しかなれないはずだ。

わたしは生まれてこの方自分の中に神秘の力を感じたことがない。

「今の睡蓮様には神秘の力はありませんので、正式な神子になることは叶《かな》いません」

ではどういうつもりかと、わたしは目で蛍火に問う。

「神子にするというのは神子の印だけつけ、偽《にせ》の神子に仕立てあげるということです。そして本当の神子になれない以上は、不老の性質を持てませんから」

「……老いを隠《かく》すことができないから、それを誤魔化《ごまか》せそうな数年の期限なのね」

蛍火から首肯《しゅこう》が返される。何も蛍火が意地悪で設定したわけではない。十七というまだ変化の分かりやすいわたしの年齢《ねんれい》では、ぎりぎり誤魔化せるかもしれない年数でさえある。

官吏にならずに、神子に成りすまして側にいるようにと蛍火は言う。かつては別の時代を築いていた者が今の時代に深く関与するのは、神子としては望ましくないことなのだろうか。

神子は記録者だ。元王であるわたしの政治への関与は、他国の王に助けられるのと同様には見られないのかもしれない。

「じゃあ、それでお願い。……でも、神子の印をつけるっていう条件はどういうことなの？」

「睡蓮様、あなたは死ぬ直前に私と交《か》わした会話を覚えていらっしゃいましたね。それなら、死ぬ前に神に拝謁《はいえつ》したときのことも覚えておられるでしょう」

「……覚えているわ」

「そのとき知った内容を、神子含《ふく》め他の者には言わないようにしていただきたいのです」

蛍火は、真剣な表情で言う。

「それは……軽々しく言えるような内容じゃないって分かるけど、神子の印とどう関係があるの？」

「神子の印は、神子が神と繋《つな》がるためのものです。それにより私たちは不老の身や神子だけの特権を得ます。そして何より——神に忠誠を誓《ちか》い神のものとなり、神の意に反することはできなくなるのです。本来神子になる資格を持たないあなたに印をつけても、神子の特権は得られないでしょう。ただ、あなたが前世の最期《さいご》に知ったことは口にできなくなるはずです。……私がそうであるように」

神が、それは他言してはならぬことだと定め、蛍火の口を封《ふう》じているというのか。

「分かった」

どうせ誰《だれ》かに言おうとしたこともないし、言う予定もない。わたしにとって損はない。

「では早速《さっそく》、肩《かた》まで服を下げていただいてよろしいですか？」

「？　うん」

唐突《とうとつ》な要求を不思議に思っていると、蛍火が自らの服の襟《えり》を引っ張り、首から肩の辺りまでの肌《はだ》を露《あら》わにする。左肩の少し下のほうに、銀色に輝《かがや》く紋様《もんよう》があった。

「神子の印を刻みます」

服に刺繍《ししゅう》されているそれが体にも刻まれているとは知っていたが、どこにどんな風に刻まれているのかを実際に見るのは初めてだ。

理由が分かって、蛍火と同じように左肩の辺りまで服を下げると、蛍火は自らの服を直し、わたしの肌に触《ふ》れる。

「ここでできるの？」

「神に代わり印を授《さず》けるのは元々私の仕事ですから。内界であれば可能です」

そういえば、内界に移動して来たとき、出迎《でむか》えた神子が「神子長様、お帰りなさいませ」と蛍火に言っていた。聞く機会を逃《のが》していたけれど……。

神子長とは、神子の中で一番上の地位に当たる。前世では西燕国の筆頭神子だった蛍火は、わたしの死後、内界に戻《もど》って最大の昇進《しょうしん》をしたようだ。

「青？」

蛍火が掌《てのひら》を離《はな》して見えるようになった肌を見て、わたしは首を傾《かし》げる。蛍火が見せてくれた彼の印は銀色だったはずなのに、わたしの肌には薄《うす》い青色の紋様があった。

「普通《ふつう》の神子の印は青です。年数が長くなるほど濃《こ》くなります。最初は薄青と言った方が正しく、千年ともなればそれ以上は濃くなりようのない鮮《あざ》やかな青になります。銀色は神子長だけなのですよ。さて、次は睡蓮様の願いを叶える番です。少しお待ちを」

しばらくして戻って来た蛍火は、わたしに神子の服を渡《わた》し、「着替え終えたら出てきてください」と言ってまた部屋を出て行った。

部屋に一人になり、服を脱《ぬ》ぐと、さっき刻まれたばかりの神子の印が自然と目に入った。

「神子長になる前の蛍火の神子の印の色、見てみたかったかも」

それは、どのような青をしていたのだろう。今わたしの肌に乗るこの色より、ずっと濃かったに違《ちが》いない。何しろ、前世でわたしが出会った時点で、筆頭神子である蛍火は数百年を生きていた。それに加えて約千年と二百年だ。彼は本当に、もう随分《ずいぶん》長く生きている。

「……睡蓮様は、二百年経《た》って、私がまだ生きているとはお思いになりませんでしたか」

わたしは顔を上げて、「え？」と扉《とびら》を見た。部屋の外で待っている蛍火の姿は見えず、どんな表情をしているのかは分からない。ただ、静かな声音《こわね》だった。

「生きてるはずない、とまでは思ってなかったけど……神子を辞《や》めていてもおかしくないと思ってた」

かつて長く生きた身でも、二百年は長いと知っている。神子は王と違って自分の意思で辞められる。千年という長い間、わたしと時代を共にした彼が神子を辞めるには、あのときがちょうどいい区切りに思えた。

「私自身、神子を辞そうかと考えたことはありました。千年仕えたあなたがいなくなられたのは大きいことでした。しかしまだ生きるべき理由が残っていましたので」

まだ生きるべき理由とは何なのか、気になってわたしが聞こうとしたとき、

「恒月国の王、紫苑様もまだご存命ですよ」

唐突に出された名前に、思わず動きを止めた。

紫苑の生存は知っていた。現在最も高名な王だと言われており、隣国《りんごく》ということもあり話も入ってくる。農村であってもこんな情報くらいは誰もが知っている。恒月国王、現在六百年の時代を築く王だ、と。

紫苑。今世で初めて名前を耳にして、意志の強い紫色《むらさきいろ》の目が瞼《まぶた》の裏に、笑い声が耳に蘇《よみがえ》る。

扉一枚、隔《へだ》てられていて良かった。不意を突《つ》かれたから、みっともない顔をしているかもしれない。わたしは動揺《どうよう》を胸の奥に押し留《とど》め、「そう」とだけ返した。

「はい。私も二百年ろくに会っておりませんが」

「紫苑が生きているとしても、今のわたしが紫苑と会うことはないわ」

他国の王である彼と偶然《ぐうぜん》会うことはない。睡蓮は死に、関係は断《た》ち切られ、彼の中でわたしは死人のまま。実際死んだのだから、そのままであるべきだ。

服を着替え終え、部屋の外に顔を出し、「終わりました、神子長様」と声をかけると、蛍火は眉《まゆ》を動かした。

「人目があるときはそう呼んでいただく他《ほか》ありませんが、それ以外のときはやめていただけますか。睡蓮様にそう呼ばれるのは正直気持ち悪いです」

「気持ち悪いって何よ」

まったく、相変わらず丁寧《ていねい》に見えて、わたしには失礼な物言いをする男だ。

「それならわたしの方もお願いなんだけど、花鈴って呼んでくれる？　弟の前では絶対に」

弟が戸惑《とまど》うし、誰のことかと思うだろう。蛍火が「へましませんよ」と言ったので、「知ってる」と返す。

「では、行きましょうか」

そうして、わたしは西燕国の王宮に舞《ま》い戻った。内界と各国は、水鏡《みずかがみ》と言われる特殊《とくしゅ》な道で、一瞬《いっしゅん》で行き来ができる。水鏡を通って出るとそこは西燕国の神子の宮だった。今世初めて来た場所は、記憶《きおく》と全く変わっていなかった。

「瑠黎《るれい》、急な呼び出しにもかかわらず、ありがとうございます」

一人、出迎える者がいた。王宮に留まる可能性があるなら、初めから神子として会いに行く方が後々都合がいい。それならば筆頭神子に話を通しておいた方がいいだろうと蛍火が事前に連絡《れんらく》をして、待ってもらっていたのだ。

蛍火が声をかけ、待っていた神子が顔を上げる。長い黒髪《くろかみ》が揺《ゆ》れ、明らかになった顔は無表情だった。黒に限りなく近い紺色《こんいろ》の瞳《ひとみ》もまた、感情の読みにくい眼差《まなざ》しをしていた。

「蛍火様、一人、この国付きの神子を増やしたいとのことでしたが」

「ええそうです。心配せずとも、役立たずの増員はしませんよ」

もう少し良い言い方があるだろう、と思っていると、蛍火の手がわたしを示し、瑠黎がわたしを見た。瞬間、瑠黎は息を呑《の》んだ。表情の乏《とぼ》しい生真面目《きまじめ》な顔が驚愕《きょうがく》に染まり、目が大きく見開かれる。

「睡、蓮様……？」

瑠黎もまた、外見は蛍火と同じくらいの年頃《としごろ》に見えるが、すでに二百年以上を生きる神子だ。前世では内界で何度か会ったことがある。

「ご本人です。理由は不明ですが、記憶をお持ちのまま再びお生まれになりました」

「久しぶり、瑠黎」

わたしの声を聞き、瑠黎は我《われ》に返った様子で流れるように膝《ひざ》をついた。

「お久しぶりです、睡蓮様」

「ちょっと、瑠黎まで？」

瑠黎も自然に最敬礼をするものだから止める暇《ひま》がない。蛍火のときと同じように立ってと促《うなが》すが、こちらは中々立ち上がろうとしてくれない。

「瑠黎、これからわたしがあなたの部下になるんだから」

「部下……？」

無表情に戻った瑠黎は声だけ怪訝《けげん》そうにする。

「増員の神子は彼女です」

「は？」

瑠黎も「は？」とか言うのだな、とわたしは場違いなことを思った。

「花鈴様も蛍火様もご存じかとは思いますが、陛下の私室へ案内させていただきます」

あの後驚《おどろ》きすぎて固まってしまった瑠黎に、今世のわたしは花鈴という名前で新王の姉であること、弟の様子を見に来たことを明かし、ようやく落ち着いたところで王宮を案内してもらっていた。偽《にせ》の神子であることは知らせていない。偽《ぎ》装《そう》の一端《いったん》どころか大部分を担《にな》ってくれている蛍火のためにも、それだけは瑠黎にもばれないようにしなければならない。

「私室にご案内しますが、少し待っていただくことになるかもしれません」

「どうして？」

尋《たず》ねるけれど、瑠黎はそれきり口ごもる。

「瑠黎？」

何かを躊躇《ためら》うような様子に首を傾げる。新王の姉であるわたしに言いにくいことなのか。

そういえば、とわたしは正門の前で衛兵が気になることを言っていたと思い出す。蛍火と再会したり一気に色々なことが起こって頭の隅《すみ》に置かれていたけれど、あれが本当なら。

「また新王が失踪《しっそう》したらしい」

そのとき、後ろからそんな声が聞こえてきた。新王という単語に、わたしは歩みを緩《ゆる》めて、前を向いたまま耳を澄《す》ませる。

「ただでさえ頼《たよ》りないと思っていたが、ますます先行きが不安だ」

「先代王の時代の繰《く》り返しにだってなりかねない。その前は千年も時代が続いたというのに……」

「そもそも百年振《ぶ》りの王だ。苦し紛《まぎ》れに選ばれたのではないか？」

後ろを横切ったのは、文官のようだった。やっぱり新王に対するよくない評判は浸透《しんとう》しているようだ。瑠黎はわたしの問いかけるような視線に、ようやく重い口を開いた。

「実は、陛下はよく部屋からいなくなられるのです。その度《たび》にもちろん捜《さが》すのですが、今日はまだ見つかっていません」

「自分で、部屋を抜《ぬ》け出していなくなっているということ？」

はい、と瑠黎は歯切れ悪く言う。

勉強が嫌《いや》になったから、王になるのが嫌だから、とか逃《に》げ出す理由として思いつくのはこんなところだ。けれど雪那のことをよく知っているからこそ分からない。雪那は元々役人を目指すくらい勤勉で、いつも周りを気遣《きづか》っていた優《やさ》しい子だ。そんな彼がそう簡単に物事を投げ出すだろうか。

「瑠黎、新王の評判は些《いささ》か芳《かんば》しくないようですね」

蛍火が、先ほどの臣下たちの会話を示して、瑠黎に尋ねる。

「はい。陛下の度々の失踪でさらに悪くなった点は否《いな》めませんが、最初から多くの臣下たちの期待値は低い方でした」

「最初から？　何もしないうちから？　『初対面』から？」

わたしの食い気味な問いに、瑠黎は「はい」と頷《うなず》く。

弟が逃げ出したくなる理由はそれだ、と思った。わたしの不安は杞憂《きゆう》ではなかった。一刻も早く弟に会って、抱《だ》きしめて、もうこの王宮で一人ぼっちではないと言ってあげたい。

「わたしも捜す」

「今女官達が捜していますので、お待ちいただければ……」

「瑠黎、人手が増えるのですからいいでしょう」

わたしを止めようとした瑠黎を、蛍火が制した。そのままどうぞと促されたので、わたしは頷いてその場を離《はな》れた。

部屋で待ってなんていられない。足早に私室へ向かう廊下《ろうか》から離れ、弟を捜し始めた。とりあえず周辺の部屋を隅まで覗《のぞ》いてみるものの、ありきたりな場所はすでに捜されているはずだ。

弟はもう十五だが、幼い頃は一人になりたくなると、物が乱雑に置かれた物置によく隠《かく》れていたのを思い出す。そんな弟が泣き出す前に見つけるのがわたしの仕事だった。そんな子がこの王宮で隠れそうな場所はどこだろうか。王宮内には空き部屋はあっても物置部屋なんてないし……。考え込んでいたわたしは、はっと顔を上げた。

王宮の図書室の一角に、不要なものしか置かれていないため司書すらも滅多《めった》に立ち入らない狭《せま》い部屋がある。

部屋の扉《とびら》を静かに開けると、埃《ほこり》っぽい空気に包まれてせき込みそうになった。室内には背の高い棚《たな》が右と左両方にあり、古い本ばかりか不要品も雑に詰《つ》められている。

誰《だれ》も来ない部屋の空気、静寂《せいじゃく》、この部屋に駆《か》け込んだときの苦しさと安堵《あんど》を思い出す。

大きな木に生《お》い茂《しげ》る葉で外から室内は窺《うかが》えず、天気のいい日は木漏《こも》れ日が差し込む。大雨が降れば雨粒《あまつぶ》が窓を叩《たた》く音がして、室内がひんやりする。

今日はどんよりと曇《くも》っているため日の光もろくに入り込まない。薄暗《うすぐら》い部屋の隅の床《ゆか》に、彼は膝に顔を埋《うず》めて座っていた。男性としてはまだ華奢《きゃしゃ》な体つき、首筋を隠すくらいの長さの黒髪から細い首が覗いている。

「雪那」

名前を呼ぶと、肩《かた》が小さく震《ふる》えた。声に反応して上げられた顔は細いと言うよりやつれていて、わたしは表情を歪《ゆが》めそうになる。

「姉さん……？」

弟に歩み寄りそっと顔に触《ふ》れると、雪那は信じられないというように、黄色の目でわたしを見上げる。

「どうして、ここにいるの。簡単に入って来られるような場所じゃないでしょ……？　僕が、姉さんに会えないか聞いても、身分が低いから駄目《だめ》だって言われた」

「そうね、わたしも同じことを言われて困ってたら、偶然《ぐうぜん》会った神子に素質があるって言われて神子になれたから会いに来られたの」

雪那は、そのとき初めて姉が神子の恰好《かっこう》をしていると気がついたようだ。わたしの青い装束《しょうぞく》姿をまじまじと見て、「神子に……？」と今度は戸惑《とまど》ったような表情を浮《う》かべる。

「姉さん、神子になったの……？」

「そうよ。雪那に会いに来たの」

その一言で、雪那の目に浮かんでいた驚きと戸惑いが、溶《と》けていくような錯覚《さっかく》を覚えた。

「もう、一生、会えないかと思った」

張りつめていた糸が切れたように、雪那は力なく笑い、腕《うで》を広げた。わたしも腕を広げて迎《むか》え入れ、抱《だ》きしめ返した。久しぶりに会った弟は、一年前に背を抜かされたはずなのに、小さく思えた。

もう幼い頃のように、雪那が自分から抱きついてくることはなくなっていた。随分《ずいぶん》久しぶりの抱擁《ほうよう》と、力ない笑いは喜べたものではなく、弟がそこまで追い詰められていたことに悲しい気持ちになって、強く抱きしめた。

しばらくして抱擁を解き、雪那と長椅子《ながいす》に座り「ところで雪那」と現状を聞こうとした。

「僕がこんなところにいる理由？　ここに来たっていうことは、僕が部屋からいなくなっていることを聞いて捜しに来たんだよね」

雪那は力ない微笑《ほほえ》みのままで、わたしが聞く前に質問の内容を当てて見せた。

「そうよ。頻繁《ひんぱん》に部屋を抜け出していなくなると聞いたけど、どうして？」

責める気はない。ただ心配なのだ。どれだけ雪那の気持ちを考えても、それは臆測《おくそく》に過ぎないから、本人の口から心の内を聞きたい。優しく聞くと、雪那の瞳《ひとみ》が翳《かげ》る。

「姉さん、僕は、王になりたくないよ。……いや、なれないよ」

予想はしていたけれど、弟の後ろ向きな言葉と様子を目の当《ま》たりにして、わたしは少しだけ驚いた。と言うのも、雪那は向上心が高く、隣町《となりまち》の小さな学校でいつも一番の成績を収めていた。ゆくゆくはもっと大きな町の学校にという考えを、彼自身から聞いていたほどだった。

「どうしてなれない、なんて言うの？　雪那は役人になるための勉強をしていたじゃない。知識が足りなくても、これから勉強すればなれないなんてことはないわ」

「最初は、頑張《がんば》っていたよ。王に選ばれたときは戸惑ったけれど、僕がやるべきことは一つだ。戸惑う暇《ひま》があるなら学ばなければいけない。即位《そくい》するまでに、少しでも皆《みな》の期待に応《こた》えるために」

そうだ。弟はそんな子だ。だから、後ろ向きなのには理由がある。

でもね、と雪那はそのときを思い出したような暗い目になった。

「日が経《た》つにつれて、違和感《いわかん》を抱《いだ》いて、ある日周りの目の意味に気がついたんだ。皆、農民の癖《くせ》に、っていう目をしているんだ。村にいた役人がよくそんな目をしていた。臣下たちは、僕が農民出身だから期待していないんだ。誰も僕を望んでいない。……部屋を抜け出して歩いていると彼らが僕に気がつかずに話していたんだ。僕は千年王のような王にはほど遠くて、どうせ同じ農民出身だった先代王のようにしかなれないだろうって。皆、百年振《ぶ》りの王が農民で落胆《らくたん》している」

雪那は、もうわたしを見ていなかった。覇気《はき》が欠片《かけら》もない胸の内をじっと聞いていたわたしは、思わず雪那が口にしたある単語を繰り返してしまう。

「千年王」

心臓がどくりと鳴った。表情も少し強張《こわば》ったかもしれないけれど、雪那は床を見つめたまま気がつかず「そう」と頷く。

「姉さんも知ってるよね。この国を千年にわたって治めた伝説の王だ」

神に選ばれた各国の王は、神より不老性を授《さず》けられ、理論上はいつまでも国を治め続けることが可能だった。しかし人の王は、人ゆえに度々《たびたび》道を踏《ふ》み外す。欲に溺《おぼ》れ、悪政を行い、その度に民《たみ》の反乱、臣の裏切りに遭《あ》ってきた。

けれど二百年前までこの国を治めていた千年王だけは違《ちが》う。どの国も長くて七百年という記録しかない中、治世千年の記録を作りながらも、神にただ一人王位の返上を許され自害したと伝わっている。その王の築いた時代は千年王国と呼ばれ、他国にも伝説の一時代と轟《とどろ》いているという。

「歴史に詳《くわ》しくなくても、誰もが知っている素晴《すば》らしい時代。この国の誇《ほこ》りで、理想の時代だよ。政策だけでなく、その王の神秘の力はこの国の大地を豊かにした。臣下たちはその輝《かがや》かしい時代と千年王のような王の再来を望んでいるんだ」

王の持つ神秘の力は、神子のそれより遥《はる》かに大きい代わりに国に依存《いそん》する。国の中であれば一瞬《いっしゅん》で移動でき、大地を豊かにする。王は国そのものなのだ。

「僕なんか、見てもらえないはずだ。僕自身そのようになれるとは思えないし、千年どころか、即位前から望まれていない身分の僕が王になるべきじゃないよ」

「それは違うわ。千年王も元は農民だったのよ」

あまり知られていないことだけれど、と付け加えたわたしの言葉に、雪那は「本当に？」と信じられないことでも聞いたような反応を見せた。

「……いや、たとえ本当だとしても、僕にはその王のような素質があるはずがないよ」

雪那はまた自らを卑下《ひげ》し、俯《うつむ》いた。

「雪那……」

そんな弟の様子に、わたしは唇《くちびる》を噛《か》む。

二百年の時を経《へ》て復活している身分差別と、前世のわたしの時代に複雑な思いを抱いている弟の懸念《けねん》を吹《ふ》き飛ばしたい。励《はげ》ましたいのに、すぐに言葉が出てこない。

でも、何も言わないわけにはいかない。雪那をどうにか前向きにさせなければ、彼を待つのは暗い未来だ。王は自ら王を辞《や》めることも死ぬこともできない。王を辞められるのは民に討《う》たれて死ぬときのみ。千年王は特例だ。

雪那は今、出身から立派な王にはなれないと思わされている。何を言えば今の雪那の心に響《ひび》くだろう？　わたしが知っている中で理想の王と言えば、例えば『彼』のような――。

「……雪那、恒月国の王が今治世何年なのか知っている？」

蛍火が、紫苑がまだ生きている、と言っていたことを思い出した。そして、わたし自身が今世で少しだけ耳にした隣国《りんごく》の王の評判を。

「うん。もう六百年以上になる。恒月国王も、長い時代を築いている王だ」

「じゃあ、彼が王になる前は商人であったと知っている？」

「え……？」と雪那が顔を上げた。驚《おどろ》いている。

恒月国は、先代の王が恒月国史上最悪の王と呼ばれ、最悪の時代を作ったと言われている。今の王が立ったときには、国土は荒《あ》れ秩序《ちつじょ》も何もなかった。そんな状態の国を立て直した豪傑《ごうけつ》と呼ばれる彼もまた、六百年経った今では、元の身分など自国の民にすら伝わっていないだろう。

「商人も平民よ。職業的な地位はこの国でも恒月国でもあまり変わらなくて、決して高いとは言えないし、政治に関《かか》わる職業じゃない」

でも、恒月国は今なお時代の全盛期《ぜんせいき》にある。雪那に必要な生きた実例だと言えた。

「問題は生まれや身分ではないわ。どんな国にしたいのかという将来像が頭にあって、そのためにどれだけ努力できるかよ。政治経験や知識のある貴族出身であっても数年で崩御《ほうぎょ》した王は過去に多くいる」

もちろん、生まれや身分で最初の苦労の度合いは異なるだろう。けれど、長い時代を築くなら、最初のそんな期間は誤差のようなものだ。最も重要な点は、知識の先にある。

「雪那は、この国をどんな国にしたい？」

問うと、雪那は困った顔をした。何とか答えようと考えているのが側から見ていて分かるが、口を開く様子はない。

「じゃあ、どうして役人になろうと思ったの？」

わたしは質問を変えた。雪那は元々役人を目指していた。自分から言い出したことなのだから、理由があるはずだ。すると雪那は今度は少しだけ間をおいて、口を開いた。

「姉さんや、生まれ育った村の人たちが幸せに暮らせるようにと思って。……村に来る役人が、村の人たちに身勝手をしていたのを見てきたから。僕でも、大きな学校に行って良い成績を収めれば役人になることができる。だから、僕は役人になって、皆が理不尽《りふじん》な目に遭わずに暮らせるようにしたかった」

言ってから、「でも、これは役人になるために思っていたことであって、王様は同じじゃいけないでしょ？」と小さな声で言う。

「最初はそれでもいいわよ。国に暮らしている人の事を思っているのは同じでしょ？」

わたしは、少しでも不安を拭《ぬぐ》えるよう、雪那に微笑みかけた。

神子になって聞いた秘密のことだと言い置いて、わたしは雪那に言う。

「西燕国ではここまで三代続けて農民が王に選ばれていると知っている？　そう、千年王も含《ふく》めて。これは偶然《ぐうぜん》ではなくて、そのとき国に必要な素質を持つ人が王に選ばれるの。だから――農民生まれの雪那にしかできないことがあるから、選ばれたのよ」

「僕にしか、できないこと……？」

わたしは、雪那が役人を目指していた理由を聞いて、そんな考えを持つ彼だから王に選ばれたのかもしれないと思っていた。雪那は昔から周りの人をよく見ている。人のために一生懸命《いっしょうけんめい》になれる弟に誇らしさを覚えたほどだ。けれど一方で、懸念が生まれた。

ずっとその考え方でいるのは、駄目《だめ》だ。弟の手前、顔が強張るのを堪《こら》えたけれど胸が苦しくなる。弟の考えを否定したいのではない。けれどこのままでは雪那のためにならない。

家族は、いつまでもこの世にいてくれはしない。

王は、通常の人間とは異なる時間を生きる孤独《こどく》な存在だ。たった一人だけ、伴侶《はんりょ》と望む者がいれば、即位《そくい》の際に受け取る特別な指輪によって死ぬまで共に生きる存在を得られるけれど、雪那に今後そういう人が絶対現れるとは言い切れない。

だから家族のために、知る人のためにと、身近な人間を心の支えにすると、彼らがいなくなったときに、大きな喪失感《そうしつかん》に囚《とら》われることになる。

村の人たちはやがて死んでしまう。神子になる資格のないわたしも、百年と経たない間に死んでしまう。雪那とずっと一緒《いっしょ》にいることはできないのだ。そうして雪那が王として心の支えにしている人間が皆死んでしまったあと、雪那は苦しむことになる。

かつてのわたしがそうだったように。

「まだ、雪那は本当の評価を受けていないんだから、これから認めさせてやりましょう」

雪那の目を真っ直《す》ぐ見て言うと、雪那は控《ひか》えめに頷《うなず》いた。

雪那が出身や身分に対する偏見《へんけん》を吹き飛ばすくらいの王になるために、この三年で何ができるだろう。側《そば》にいることも、知識の面でさりげなく助けることもできる。でも根本的なところが問題だ。

どうすれば、雪那に自信を持ってもらえるだろう。今、わたしの言葉はこの子の心にどれくらい響いただろう。きっと、『姉が言った言葉』以上の効果はない。わたしはもう王ではなく、王であった前世を明かすつもりもない。何より雪那と同じように悩《なや》みながらも脱却《だっきゃく》できなかった自分に何が言えるのか。

わたしより、そう、紫苑のような王の言葉がきっと今の雪那には必要なのだ。

『言いたい奴《やつ》には言わせておく。俺がこの国を良くすれば、文句もないだろう』

即位当初、わたしとは異なる理由から王宮内に味方が少なかった彼は言った。

雪那が真っ直ぐ前を向いて歩いていくためには、味方も道標《みちしるべ》も足りない。道標にはなれなくても、わたしがせめて側で守ってあげなければと、不安が消えない弟の目を見つめて決意を固めた。


雪那と部屋に戻《もど》った後、わたしは神子の宮の内界に繋《つな》がる水鏡の前で蛍火と向き合っていた。

蛍火は、弟が本当に助けが必要な状況《じょうきょう》だったら、わたしを三年限定で西燕国の国付きの神子にしてくれると言った。国付きの神子は、王の在位中に辞めることもあるから、三年後に役目を辞したところで不自然ではない。

答えはもう決まっている。

「蛍火、わたし、三年力を尽《つ》くすわ」

真剣《しんけん》な目で言うわたしに、蛍火は無言で何かを差し出した。持ち運びできるくらいの小さな手鏡だった。「これは?」と受け取りながら尋《たず》ねる。

「私の力で内界と繋がるようにしてあります。移動用ではなく、連絡《れんらく》用です。定期的に状況報告をお願いします。何かあったときもこれに呼びかけていただければ、私に声が届きます。決して無理はせず緊急《きんきゅう》時は迷わず連絡してください」

水鏡を通り抜《ぬ》ける間際《まぎわ》、なぜかもう一度振《ふ》り返ってから、蛍火は内界に戻った。

二章

早速《さっそく》次の日から神子としての生活が始まった。

国付き神子の仕事は、即位式や内界が絡《から》む儀式《ぎしき》の取り仕切り、内界や時には各国に繋がる水鏡と祭壇《さいだん》の管理など多岐《たき》にわたる。中でも最も重要な仕事は、国の地下の特別書庫に保管される記録作りだ。この記録とは、派遣《はけん》された国で起こった重要な出来事——内乱、王の暗殺未遂《みすい》等も記すが、特に国を作る王の行いを重視して記す。神が選んだ人間の統治者が、いつ、どのような判断を下し、それが国をどのように変えたのか。人柄《ひとがら》は記さず、ただ国の変化の事実だけを記すという。

神子は、派遣された国の王に仕える形を取るが、彼らは決して王の臣下ではない。仕えるのはあくまで神であり、神の代理人として、神が選んだ王の時代を見届ける。神は神子を通して、王を見る。そのため、王が活動している時間帯は必ず一人は神子が側に控えることになっている。

わたしが与《あた》えられた仕事は主にこの、王の観察とその記録だ。事情を知る瑠黎による采《さい》配《はい》だが、わたしが来てから雪那が失踪《しっそう》しなくなったというのも大きいのだろう。雪那や周囲の様子を把握《はあく》できるのはありがたい。

「なぜ、他国との国交はなくなってしまったんだろう？　王が不在だったから？」

わたしが王宮に来てから早五日。勉強部屋で、真剣な顔つきで教師の老人の話を聞いていた雪那が言った。

「陛下もお察しの通り、先々代王、千年王の時代にはいくつかの国との国交がありました。国交は、三つの機会を経《へ》て途絶《とだ》えることになったと言われています」

教師は三本の指を立てる。

「まず一つ目が、千年王が崩御《ほうぎょ》した際、二つ目が王不在の百年間に、国交のあった国の方から切られたと言われています。大抵《たいてい》は五年もあれば次の王が選ばれますが、我が国は違《ちが》いました。王のいない国は衰《おとろ》える一方ですから、見限られたのでしょう。そして最も決定的だったのが三つ目で、先代王の政策によるものです。先代王は農民の地位を向上させるため、自国の中で需要《じゅよう》と供給全《すべ》てを完結させようとなさったそうです。他国からの輸入なしに自給自足をするために、最も欠いてはならないものが食料で、それを作っているのはもちろん農民です」

雪那の表情がわずかに曇《くも》る。役人を目指し勉強していた彼には、その考えがどれほど愚《おろ》かなことか分かったのだろう。

「政策は失敗に終わり、国を乱したことから先代王は討《う》たれました。ですが、その政策による影響《えいきょう》は今も尾《お》を引いています。一度こちらから切ってしまった他国との繋がりは、次の王が立たなかったこともありこの百年そのまま切れた状態です」

そしてそれ以来、初めて立つ王が雪那だ。その縁《えん》を取り戻すも切ったままにするも雪那次第《しだい》、と教師は言外に言った気がした。

わたしは、雪那の横顔が窺《うかが》える位置の壁際《かべぎわ》で、ひっそり授業風景を見守っていた。雪那は学校に通っていたとき、こんな表情で授業を受けていたのかもしれない。再会したときの様子と比べると随分《ずいぶん》落ち着いて来たようでほっとする。

と、完全に弟の授業見学の気分になってしまっていたところで、気を取り直す。

記録係をやってみて大変だと思うのは、記録すべきか判断に迷う出来事が起こった際にその全てを記憶しておかなくてはならないことだ。彼らは、担当の時間を勤め終えたあと、神子の宮で記録を行う。時には、国の情勢が変わったきっかけとして何年も前の出来事を遡《さかのぼ》って記録することもある。

前世わたしが王であったとき、いつも蛍火が側にいた。治世の半ばからの記録はほとんど蛍火がしていたのではないだろうか。

前世で蛍火が同じような景色を目にしていたかと考えると、少しだけ思うのだ。わたしの治世の後半、蛍火は何を思い、何を記したのだろうかと。

「疲《つか》れた？」

授業の時間が終わり、雪那に声をかけると、雪那は首を横に振る。

「学ぶことは好きだから」

調子が戻ってきたようで、良かったと微笑《ほほえ》む。勉強も概《おおむ》ね順調で、取り立てて問題はなさそうだ。

「じゃあ、次は会議ね」

次の予定を口にした瞬間《しゅんかん》、雪那の表情が曇った。何が雪那にそんな表情をさせたのか、その答えはすぐに分かった。


現在の雪那は正式な即位《そくい》前ではあるが、すでに全ての最終的な決定権を持っている。多くの決裁書類への署名をしなければならず、国の在り方を決める会議へも出席しなければならなかった。

会議は無難な議題から始まり、自然ともうすぐ執《と》り行われる即位式の話に移る。

即位式は、国付きの神子が九割方仕切る。ただの人間が内界に行き、神に拝謁《はいえつ》し、王という人とは一線を画する存在に生まれ変わる特別な儀式は、内界の領分だ。だが、王が国に戻ってから行う即位式と前夜の宴《うたげ》の準備は国と協力して行う。

「ところで麓進殿《ろくしんどの》が親しくされている延史殿《えんし》がまだいらしていないとか。もう即位式まで一ヵ月を切っているというのに」

財政を管理する戸部の長官である文耀《ぶんよう》が、いかにも心配しているといった口調で口火を切った。即位式に向け国内の貴族が一ヵ月前には全て集まるはずが、いまだ王宮に着いていない貴族がいるらしい。「そういえば琅軌殿《ろうき》も来ていない」などと、合計四名の名前を出した文耀に、引き合いに出された司法を司《つかさど》る刑部《ぎょうぶ》の長官・麓進が不快そうに顔を歪《ゆが》めた。

「それが何か？」

麓進の気のない返事に、場の雰囲気《ふんいき》が一気に悪くなった。

「このまま間に合わないようであれば大問題では？　――陛下」

文耀が、部屋の一番奥に座する雪那に話題を振る。

「即位式には他国の使者も訪《おとず》れます。万が一自国の貴族が揃《そろ》っていないと知られれば、陛下が臣下を御《ぎょ》すことができていないのだと判断されてしまうでしょう。そうなれば、他国との溝《みぞ》は深まるばかりです。そのようなことになる前に、即刻強制召集《しょうしゅう》をかけ、間に合ってでも間に合わなくとも厳罰《げんばつ》に処すべきです」

雪那は困った顔をして、すぐには判断が下せない様子だった。

「待たれよ」

て雪那を見る。
麓進の隣《となり》から憲征《けんせい》という国の祭祀《さいし》や他国との外交を担《にな》う礼部《れいぶ》の長官が、厳《いか》めしい顔をし
「陛下はこのようなことが判断できるほど、政治のことも王宮の規律の在り方に関しても
お分かりではないでしょう。元は農民ということもあり、決裁書類への署名一つをとって
も、まだ一つ一つ物事をお聞きになっている状態と存じます。内情を知りもせず、軽々し
く臣下を罰するものではありません」
「無礼ですぞ、憲征殿。出身はどうあれ王。判断は陛下にしていただくのが道理でしょ
う」
「その判断を誤れば、先代王のようになるのだ。特に陛下は先代王とご出身が同じであら
せられる」
三人の臣下が語気を強めに話し合っているが、睨《にら》み合っているのは彼らだけではない。
それらのやり取りを見ていたわたしは、これが雪那が萎縮《いしゆく》している原因かと眉《まゆ》を顰《ひそ》める。
瑠黎によると、この国には現在、雪那に対しての態度として二つの派閥《はばつ》があるという。
一つ目は、甘い汁《しる》を吸うために雪那が頼《たよ》りない王であってくれた方がいいと考える文耀派。
二つ目は、農民出身の雪那が王に相応《ふさわ》しくないと考える憲征派だ。
文耀派は、一見すると雪那の王としての体面を思っての物言いに聞こえても、違うのだ。
他《ほか》の臣下より有利な立場に立とうと、王の発言を誘導《ゆうどう》しようとしている。

もう一方の憲征派は分かりやすく、今のように丁寧《ていねい》な口調で正論を言っているように見せかけ、雪那の出身を引き合いに出して、判断を任せるべきではないと主張する。

雪那を真に王として扱《あつか》っていないのは同じだが、二つの派閥の意見は事あるごとにぶつかり合い、会議が中々進まないのが現状らしい。今も敵対派閥の人間を蹴落《けお》とす機会を互《たが》いに虎視《こし》眈々《たんたん》と狙《ねら》っているように見える。

二つの派閥の対立に、雪那は困った様子を隠《かく》し切れていない。期日を越《こ》えても到着《とうちゃく》しない臣下は罰するべきだが、罰の線引きは慎重《しんちょう》にしなければならない。

不安そうな雪那と目が合い、わたしは微《かす》かに頷《うなず》く。すぐに結論を出せないときは、臆《おく》せずに一度仕切り直して、判断は次の機会にと伝えるのも手だと先日話したばかりだった。

意を決した雪那が、静かに息を吸い、口を開いたとき。

「まあまあ、落ち着かれよ、両人」

雪那が言葉を発する前に、別の臣下が声を上げた。雪那に判断を任せるよう提言していた文燿が不服そうながらも口を閉《と》ざす。一方、憲征は、

「叡刻《えいこく》様」

とその男の名前を呼び、同じく口を閉ざした。

「その者達のことだが、体調が優れないようで、首都へ来ることを控《ひか》えているそうだ。どうやら一人から風邪《かぜ》のようなものが移ったようだと言伝《ことづて》があった。病を王宮に持ち込むわ

けにはいくまい？」

待ったをかけた臣下は叡刻という。どちらの派閥にも属さない彼は言い争う者達の上に立つ宰相《さいしょう》だった。彼は二人の臣下に笑顔《えがお》で言い、雪那に対して恭《うやうや》しく頭を下げる。

「わざわざ陛下が懸念《けねん》されるような話ではございません。病が治り次第参るようにさせますので、今はどうかお許しください」

その言葉に、雪那は少し考える素振《そぶ》りを見せた後、「分かった」と叡刻に首肯《しゅこう》を返した。病であれば仕方ない、と判断したのだろう。

ひとまずそれ以上議論が白熱することはなく、ほっとする。いつもこの様子なのであれば雪那の心労も重なるばかりだろう。

本当に雪那には味方がいないと実感して、ため息をつきそうになった。これでは雪那が自信をなくすのも無理はない。雪那にも、前世のわたしにとっての蛍火のように絶対の信《しん》頼《らい》をおける存在がいたらいいのに……。


夜、神子の宮にある記録をつけるための部屋前の廊下《ろうか》で瑠黎を待つ。瑠黎は、仕事終わりに必ずこの部屋の前を通る。飾《かざ》られている白い花を眺《なが》めて待っていると、昨夜見た夢をぼんやりと思い出した。

『睡蓮は、本当に花が好きだな』

優《やさ》しい声が、耳に蘇《よみがえ》る。

「花鈴？」

その名前に、物思いに沈《しず》んでいた意識がはっきりとする。左手の方に目をやると、瑠黎がいた。

「まだ残っていたのですか、何か今日中にしなければならない仕事が？」

「いいえ、瑠黎様を待っていました。少し、お時間をいただいてもよろしいでしょうか？」

「構いませんが……」

もう夜も遅《おそ》く、神子は各々《おのおの》の部屋で就寝《しゅうしん》している。瑠黎は他に人がいないと把握《はあく》するや、控えめな声で「あの……」と言う。

珍《めずら》しい。いつも微笑《ほほえ》んでいる蛍火とは対照的に、無表情が標準装備の瑠黎は、少し困ったような表情を浮《う》かべていた。

「何でしょうか？」と首を捻《ひね》る。

「それです。丁寧にして頂いている手前恐《おそ》れ入りますが、できれば人の目がないときには呼び方と話し方を気楽にして頂けると……」

とても歯切れ悪く、瑠黎が言うではないか。

神子としての生活を始めてからは、ぼろが出ないように「瑠黎様」と呼び、話し方も立場相応にしていたのだが、瑠黎にとっては居心地《いごこち》が悪いらしい。蛍火も同じようなことを言っていた。

「分かった。瑠黎、今日もお疲《つか》れ様。お茶淹《い》れるから、飲みながら少し話さない？」

「私が淹れます」

「まあまあ、わたし淹れるの上手《うま》いから。それにわたしが巻き込んじゃったせいで、瑠黎には本当ならかからなかった手間をかけさせてるもの」

笑顔で押し切ったものの、瑠黎はただ座っているのも落ち着かないらしく、お茶を準備しに行くわたしについてくる。蛍火なら「そうですか」と悠々《ゆうゆう》と座って待っているところだ。

「瑠黎と、一度落ち着いて話をしてみたいと思って」

一室に入り、お茶を飲み一息ついたところで話を始めると、瑠黎が茶杯《ちゃはい》を置き心なしかより姿勢を正す。

雪那の味方になり得る人物として、最初に思いついたのが瑠黎だった。

筆頭神子は、王の臣下ではないが王の最も近くにいる存在だ。かつて蛍火がわたしを支えてくれたように、彼が雪那の味方になってくれれば心強い。けれど、瑠黎は雪那をどう思っているのだろう。

王に無関心な神子もいるが、彼はきっとその類《たぐい》ではない。前世、一国の王と内界の神子という関係で顔を合わせていたとき、無表情とは裏腹に、瑠黎は挨拶《あいさつ》だけでなくわたしと雑談もする仲だった。

では今、雪那に対してはどうか。わたしが神子としてこの国に来た日、雪那について聞いたとき彼は言葉を濁《にご》した。あれは、雪那の現状が思わしくなく、姉であるわたしに言うのを躊躇《ためら》ったからだ。でも、あのとき瑠黎は状況《じょうきょう》を口にしただけで、彼自身の考えはまだ聞いていない。

「瑠黎は、今のこの王宮の状態をどう思う？」

臣下が王を侮《あなど》り、王が実権を握《にぎ》れていない王宮についてだ。瑠黎は少し考える素振りを見せて答える。

「即位《そくい》前から不穏《ふおん》な状況です。花鈴様は当然ご存じかと思いますが、王が長い時代を築くには、臣下を始め民《たみ》に認めてもらわなければなりません。かつて似たような状況の国で国付き神子をしたこともありますが、ここまで王が蔑《ないがし》ろにされてはいませんでした。今の西燕国は王にとっては治めるのが難しい環境《かんきょう》だと思います」

瑠黎の答えに、わたしは「うーん」と内心唸《うな》る。これは、もう少し突《つ》っ込んで聞いてみるべきだろうか。

「瑠黎は、雪那のことをどう見てる？」

瑠黎は唐突《とうとつ》な問いに「どう、と言われましても、まだ陛下のことをそれほど存じ上げていません」と真面目《まじめ》な答えを返してきた。

「存じ上げなくても、印象はあるでしょ？」

促《うなが》せば、瑠黎はまた考える様子になる。さっきより時間が長い。

「そう、ですね……。周りの臣下の態度を覆《くつがえ》すには、少々、気が弱くていらっしゃると感じますので、そのご気性《きしょう》が邪魔《じゃま》をしそうだと思います。おそらく……」

「長い時代を築くのは難しそう？」

わたしは微笑んでいたけれど、瑠黎はわたしを見て、気まずそうに目を逸《そ》らした。現在の王宮について話していたときは単に事実を話しているつもりだっただろうに、わたしに対して、弟の時代は長く続かないと言ってしまったようなものだ。

これから雪那が現状をひっくり返していくのだから、わたしに対して申し訳なさそうにする必要なんてないのに。ただ、これではっきりしたことがある。

「わたしは気にしてないから大丈夫。だって、瑠黎がそう思うのは雪那自身を見た結果というより、これまでの歴史からそう推測できるからでしょ？」

「……そう、ですが」

瑠黎は、わたしの話の目的が読めないのか、今度は若干困惑《じゃっかんこんわく》した様子になる。

「うん、そうよね。わたしが過去に見てきた感覚から言うと、筆頭神子は、王をどうせ最後には討《う》たれる人間って冷めた見方をしてる傾向《けいこう》があるし」

わたしがさらっと言ったことに、瑠黎はわずかに目を見開いた。どうやら、図星だったようだ。

「それは……仰《おっしゃ》る通りかもしれません」

瑠黎はそっと目を伏《ふ》せる。

「どの国の王も、――賢王《けんおう》と称《たた》えられ、民を正しく導いていた時期が何百年続いたとしても、最後には民を不幸にし、討たれる歴史しかありませんでしたから。特に筆頭神子になる神子はいくつもの国で、その終わりを必ず見ています」

王は、不老だが不死ではない。神は国に必要な王を選ぶが、王を守りはしない。選ばれた王が玉座に座り続けるかどうかを決めるのは民だ。

民に望まれない王はいずれ討たれ、死して玉座を空ける。そのような王の代替《だいが》わりには、必ず理由がある。民にそうさせるようなことをしたのだ。

「そうね。ねえ、気がついている？　今瑠黎が雪那自身の印象として言ったのは、『気が弱い』だけ」

瑠黎は、はっとした顔をした。

「私が、陛下ご自身を見て判断していないと仰りたいのですか」

わたしの言いたいことが分かったようだ。わたしは深く頷《うなず》く。

瑠黎は、雪那本人を気の毒に思っているのではなく、そういう状況だと理解しているに過ぎない。きっと無意識だったのだろう。けれど今からでも雪那自身を見てくれるようになったなら、雪那の味方になってくれる可能性は大いにある。

「推測が当たる可能性が高いことは理解しているわ。でも、本当はどうなるか分からないじゃない？　同じ王が一人もいないように同じ国は一つもないし、絶対に民を不幸にするとは言えない」

そうではないかと瑠黎の反応を待つ。瑠黎は何かを考えるように、しばらく目を閉じた。そして開いた瞳《ひとみ》は、再度わたしを映す。

「そうですね、過去にたった一人だけいました。全《すべ》ての国を含《ふく》め、そのような終わり方を迎《むか》えなかった王が一人だけ」

注意深く見なければ感情が分かりにくい目は、そこになかった。ありありと、郷愁《きょうしゅう》、憧《あこが》れ、そんな感情が浮かんでいた。

瑠黎がそんな表情をした理由は分からなかったけれど、前世のわたしのことを言っていることは分かった。

「でも前世のわたしも、最初は今の雪那と同じだった。蛍火だって冷めてたし、わたしをいずれ討たれるような王になるって見てたと思う。言われたこともあるしね」

何と言われたのかと、問いかけるような視線と沈黙《ちんもく》を受けて、わたしは教える。

「瑠黎は知らなかったかもしれないけど、わたしも元は農民で王になってね。雪那には多少の知識があったけど、わたしには学が一切《いっさい》なかった。勉強なんてしたことがなかったから。だから、わたしはがむしゃらに勉強して、少しでも早く使い物になるようにって必死だった。でも、中々上手くいかなくて」

当時を思い出して、わたしは苦笑《くしょう》した。即位した当初の、思い出したくもない苦労と苦難に満ちた日々を。

「『傍《はた》から見ていてみっともないほどに空回りしていますよ。自分の能力以上のことはできようがないのですから、潔《いさぎよ》く諦《あきら》める方がいっそ清々《すがすが》しいと思うくらいです』……わたしには、遅かれ早かれ討たれるんだからって聞こえたかな」

そう言われて、虚《むな》しさと寂《さび》しさを感じた。臣下にも味方がいなければ、一番側《そば》にいる神子もそんな態度では仕方ないと思う。幸い、人の努力をみっともないとは何だという憤《いきどお》りが上回って、ますます勉強に熱が入ったのだが。もっと心が弱っていたときに言われていたら、心が折れて、わたしの時代は数年で終わってもおかしくなかった。

「蛍火様が、睡蓮様に、ですか？　想像できません」

瑠黎は信じられないといった様子だ。

「結局わたしが変わらず努力し続けていたら、蛍火が協力してくれるようになったの。わたしの粘《ねば》り勝ちね。……そうやって、蛍火は結局千年側にいてくれた」

長すぎる歳月を共に生きてくれる存在が側にいると、それだけで支えになったりする。いくら臣下が入れ替《か》わり、初めましてから関係を築こうと、神子だけは長く側にいて、一度築いた関係が白紙に戻《もど》ることもない。

「瑠黎に、雪那の味方になってほしいと言うつもりはない。神子にそんな義務はないし、神子だって一人の人間で、王との相性もある。過去にはそりが合わなくて国付きを辞《や》めた神子がいることだって知ってる。でも、せめて推測じゃなくて雪那自身を見て判断してほしい」

神子の役目は、国の行く末を記すこと。けれど王の理解者にだってなれるはずなのだ。そして、わたしは雪那が本当は強くて、今のこの国を変えていけるような考えを持っている子だと知っている。だから瑠黎が雪那自身のことを見てくれるなら、きっと心配はいらないだろう。

わたしが話を始めた理由を悟《さと》り、瑠黎は真顔で応じる。

「……心に留めておきます。私が陛下のことを知らないことは事実ですので」

「ありがとう」

この場はその言葉を聞けただけで十分だ。わたしは柔《やわ》らかく、本心から微笑《ほほえ》んだ。

「いいえ、お礼には及《およ》びません。私の方がお礼を申し上げたい気持ちです」

「どうして？」

瑠黎にお礼を言われるようなことなど全くしていない。むしろ結局こちらが要望したくらいなのに、と不思議な気持ちで瑠黎を見る。

「蛍火様が、筆頭神子として千年もの間睡蓮様に仕えていらっしゃったことを、当時の私はとても尊いことだと感じていました。それを今、思い出しました」

瑠黎は目を伏せ、過去を懐《なつ》かしむような眼差《まなざ》しをした。そして確かに、微笑んだ。


翌日、担当交代の時間が来たため雪那の側から離れたわたしは、次の仕事に向かう前に手近な一室に入る。しっかり鍵《かぎ》をかけて、懐《ふところ》に仕舞《しま》っている小さな手鏡を取り出す。

「蛍火」

小さく呼びかけると、ほどなくして鏡が淡《あわ》く光って通信が繋《つな》がり、神子長の服を一分の隙《すき》もなく着込み、相変わらずの完璧《かんぺき》な笑《え》みを浮《う》かべている蛍火が映る。

蛍火との三日に一度の定期連絡《れんらく》だ。『如何《いかが》お過ごしでしたか？』という蛍火の言葉を受け、わたしは雪那の勉強の様子を見ていて問題なさそうだと思った反面、会議での臣下からの扱《あつか》いがどうにも腹立たしく感じることを語る。

「わたしにとっての蛍火みたいに、一人でも心強い味方がいてくれたらと思って、昨日少し瑠黎と話した」

『おや、私のことを心強いと思ってくださっていたとは』

面白《おもしろ》がるような蛍火の口調に、わたしはしまったと思うが、別に蛍火に言ったところで今さら恥《は》ずかしがるようなことでもない。

「心の底から思っていたわよ」

わたしも微笑んでしれっと言ってやると、蛍火は『それは、光栄です』と一礼した。その声が若干《じやっかん》揺《ゆ》れたように聞こえて、珍《めずら》しい、照れ隠《かく》しだろうかとにこにこと口角が勝手に上がってしまう。

『瑠黎が私のように側にいれば、安心して離れられますか』

「大分安心するわ。でも、雪那の余裕《よゆう》には繋がっても自信にはならない」

笑顔を消し、わたしは考え込む。もっと肝心《かんじん》な部分――王としての自信を持たせることは、国内の者ではどうにもできない。誰《だれ》も、雪那と同じ立場の人間がいないのだから。

もしもこの国と恒月国の国交が回復して、雪那が紫苑と会う機会ができたら……。

『紫苑様ですか』

心を見透《みす》かしたような蛍火の言葉にびくっとする。知らず知らず口にしてしまっていたらしい。「ああ、うん」とよく分からない返事をしてしまうが、蛍火に気にした様子はない。

『即位式《そくいしき》で、使者と上手《うま》く繋がりを作ることができればいいですね。王は即位式には来ませんからね』

「うん。……まあ、国としても今の国交断絶状態を解消したいみたいだから、」

隣国《りんごく》であり大国の恒月国は、第一優先で臣下共々交渉《こうしょう》を試みるだろう、と続けようとした口を閉《と》ざす。部屋の外を誰かが走って行った。過ぎ去ったと確認《かくにん》してから話そうと耳を澄《す》ますと、また小走りで部屋の前を何名かが通り過ぎるのが分かる。

何かあったのだろうか……？

蛍火に目で合図してから外の様子を窺《うかが》いに行くと、内容までは聞こえないものの、早口で潜《ひそ》められたような話し声が遠ざかっていく。わたしは、不審《ふしん》に思って眉《まゆ》を寄せた。

王宮の廊下《ろうか》は緊急時《きんきゅう》くらいしか走ることを許されていない。彼らの走っていった方向は……と考えはっとする。雪那の部屋がある方向だ。

「ごめん蛍火！　また後で」

嫌《いや》な予感に駆《か》られ、鏡を胸元《むなもと》に仕舞い、わたしは急いで部屋を出た。

小走りの女官の後を追うと、雪那の私室の隣《となり》の部屋に入った。扉《とびら》からそっと中を窺うと、室内は不穏《ふおん》な空気で満ちていた。

室内を見回すと、人が集まっている部屋の隅《すみ》に瑠黎を見つけた。他《ほか》の神子と話している瑠黎は無表情だが、どことなく険しさをはらんでいるように見えた。

「何かあったのですか」

声をかけると、瑠黎と、彼と一緒《いっしょ》にいる神子がわたしに気がついた。一緒にいる神子は、現在雪那の側にいるはずの神子だ。瑠黎が王の側に戻るよう言いその神子が退室するや、瑠黎が軽く身を屈《かが》め、わたしの耳元に顔を寄せる。

「陛下の毒味役が死にました」

瑠黎が小声で教えてくれたことに、頭を殴《なぐ》られたような感覚がして、わたしは目を見開いた。毒味役が死んだ。つまり食事に毒が盛られていた。——雪那の命が狙《ねら》われた、と思い至り、冷水を浴びせられたような心地《ここち》がした。

「雪——陛下の耳には」

衝撃《しょうげき》を受けている場合ではない。弾《はじ》かれたように、瑠黎の真剣《しんけん》な表情を見上げる。

「まだ入っていません」

毒味はこの部屋でされ、別室にいる雪那の許《もと》に運ばれる。そのため雪那は目撃しておらず、まだ耳にも入れられていない。

すかさず、わたしは瑠黎に真剣な声音《こわね》で囁《ささや》く。

「それなら耳に入れないようにして」

「それは」

瑠黎はわずかに眉間《みけん》に皺《しわ》を寄せる。瑠黎の言いたいことは分かったから、先に言う。

「彼が知る必要のないことだと思っているわけじゃない。今、悪いことを耳に入れるのを避《さ》けたいの。命を狙われるって普通《ふつう》経験しないことよ。その恐怖《きょうふ》は、雪那が少しずつ前向きになってきている今邪魔《じゃま》にしかならない」

せっかく一歩ずつ前に進めるようになったのに、もう二度と立ち上がれなくなってしまうかもしれない。恐怖は、容易に他の感情を飲み込んでしまう。

「……分かりました。私が可能な範囲《はんい》では力を尽《つ》くしましょう」

受け入れてくれた瑠黎に、わたしはほっとして、ありがとうとお礼を言った。

雪那の様子を見に行きたいのは山々だったが、当番が終わったわたしが顔を出せば、雪那が不審に思うかもしれない。

毒味役が食べた料理を聞き、机の上にあるそれを注意深く見てみたが、見た目にはさすがに毒が入っているようには見えなかった。ただ、酸《す》っぱい料理なのかつんとした匂《にお》いの中に、微《かす》かに鼻をつく匂いがした。

「ちょっと聞いていい？」

次に、部屋から出たばかりの廊下で、室内を怖々《こわごわ》と見て身を寄せ合っている女官に声をかけると、二人の女官が強張《こわば》った顔でわたしを見た。それぞれ、容藍《ようらん》、珠香《しゅか》という名の十六歳の娘《むすめ》だ。雪那の側《そば》に仕える者の名前と顔はわたしも把握《はあく》していて、話したこともある。

「料理が厨房《ちゅうぼう》から運ばれてから、ずっとここにいたわよね」

「は、はい」

容藍は声を上ずらせ、わたしが出て来たばかりの部屋にちらりと目を向けた。

「誰か、料理に触《ふ》れたり、何か入れるような動きをした人を見かけなかった？」

「ここにいたのは知っている者ばかりです！　誰かが毒を入れたなんてこと……」

容藍は青ざめた顔で、頭《かぶり》を振《ふ》った。

「本当に知っている人だけだったのね？　ここで見たことのない人はいなかった？」

「それは……」

「いなかった、と思いますが、……私達も気をつけて見ていたわけではありません」

口ごもった容藍の代わりに答えるように、珠香が言った。しっかりした印象の女官だが、彼女の顔も青ざめて声が震《ふる》えていた。人が死んだのだ、動揺《どうよう》するのは当然だ。

「後で何か思い出したことがあったら教えて」

誰か一人でも何か見ていないかと焦《あせ》る心を必死で抑《おさ》え、居合わせた者達に同じような質問をしてはそう言い残して回ったが、不審な動きをしていた人物を見た人間はいなかった。

結局何も分からず、一旦《いったん》神子の宮に戻《もど》ろうと一人になったところで、こみ上げる感情に人気《ひとけ》のない廊下の隅で思わず顔を覆《おお》う。

――どうして、雪那の命を奪《うば》おうとするの……！

弟をどこかの部屋に隠してしまいたい感情に駆られる。けれど彼は王だから、そうするわけにはいかない。いや、そもそも王でなければ命を狙われることなんてなかったのに！

一度王に選ばれてしまえば、王になる道しかないから、と見ないふりをしていた感情が溢《あふ》れ出してくる。なぜと神に問いたい。なぜ弟を王に選んでしまったのか。理由があって王に選ばれることは知っているけれど、本当はいつも頭のどこかで思わずにはいられない。あの子に元の人生を返して欲しい――。

『花鈴様』

蛍火の落ち着いた声がして、乱れていた思考から、意識が引き戻される。どこから声が、と一瞬《いっしゅん》思って、胸元に仕舞《しま》っている鏡からだと気がつく。近くの誰もいない部屋に入り、鏡を取り出すと蛍火が映っていた。

「途中《とちゅう》で放《ほう》り出してごめん、蛍火」

蛍火に心配させないように、焦りを胸の奥に押し込んで表情を取り繕《つくろ》ったが、蛍火はぴくりと眉を動かす。

『……西燕国王の毒味役が死んだようですね』

どうやら瑠黎との話をしっかりと聞かれてしまっていたらしい。わたしは取り繕うのを諦《あきら》め、「うん」と低い声で言う。

「誰があんなことを……」

気持ちを無理矢理《むりやり》落ち着けても、怒《いか》りを拭《ぬぐ》い去ることはできなかった。

雪那を殺す理由のある人間——雪那を良く思っていない人間の仕業《しわざ》だと考えると、雪那を王と認めていないかのような態度を取る派閥《はばつ》のことが思い浮《う》かんだ。

ただの臆測《おくそく》で、証拠《しょうこ》はない。もっと大事になる前に、証拠が見つかって首謀者《しゅぼうしゃ》が捕《つか》まればいいが……捕まるだろうか？　わたしが部屋の周囲の者に話を聞き回っていた一方、刑《ぎょう》部《ぶ》の者が現場を取り仕切っていた様子を思い、いや期待できないと内心首を振る。

即位式《そくいしき》が近いから暗殺を企《くわだ》てたのだとしたら、傍観している場合ではない。

『まさかとは思いますが、ご自分で調べようなどとお考えではありませんね？』

考えを固めたところで言い当てられて、思わずびくりとする。

「そのまさかだとしたら？」

『やめてください』

蛍火が厳しい表情で即座に言うので、わたしは「どうして？」と首を傾《かし》げる。

『王の暗殺未遂《みすい》ともなれば、然《しか》るべき者達が仕事をするでしょう』

蛍火の指摘《してき》に、わたしは首を横に振る。

「蛍火、今のこの王宮の状態でどれほど彼らが信用できると思う？　実際、毒味役が死んだ現場で彼らはその場にいた者に何も状況《じょうきょう》を確かめることなく、いいのかと確認したわたしに『毒が盛られていた料理に関《かか》わった者は捕《と》らえましたから、大丈夫《だいじょうぶ》ですよ』って言ったのよ」

調査しようという気が感じられなかった。

「これから万が一調査に動いたとしても、首謀者が地位のある人間である可能性を考えれば、妨害《ぼうがい》されると思った方がいいわ。今の王宮は、王のためにまともに動いてくれる者がいるって期待できるような状態じゃない。たとえ犯人が捕まったとしても、本当の犯人か疑いたくなる状態よ」

蛍火は頭痛でも堪《こら》えるように額に手をやり、『どうしてそんな状態なのか……』とぶつぶつ言っている。

『それで、具体的にどうなさるおつもりですか？』

「そうね……まずは毒の入手経路から辿《たど》って、駄目《だめ》だったら怪《あや》しい人間を探《さぐ》ってみようかと思ってる」

怪しい動きをしていた人物の目撃証言があればいいが、先ほどの感触《かんしょく》では難しいだろう。

「動機があるとすれば、雪那を王と認めていない憲征殿《どの》の派閥……そういえば」

彼らと親しい貴族が、まだ首都に到着《とうちゃく》していないという話が今になって気になった。怪しもうとすれば全《すべ》てが怪しく見えてくるものだ。考えすぎであればいいが、少し気になる。

「病欠で首都に来ていない者が四人いるから、念のため彼らが本当に病気なのか調べておきたいけど……」

王宮内だけならまだしも首都外までとなると馬を使ったとしても時間がかかりすぎる。

かといって他《ほか》に協力を頼《たの》める者もいない。

『では、そちらを花鈴様がしてください。王宮内の調査は私がします』

「え？　どうして蛍火がするの？」

頭を悩《なや》ませていたところで、思いがけない言葉が聞こえてきたではないか。発言の意図が分からず、鏡の向こうの蛍火を見つめる。

『毒殺が謀《はか》られるような危険な場を、あなたにうろうろさせるわけにはいきません』

「危険な場を蛍火にうろうろさせる方がよくないわよ。大体、わたしが狙《ねら》われているわけじゃないから、わたしが危険な目に遭《あ》うことはないわ」

『私は、万が一にでもあなたを死なせたくありません』

強い口調で言われた。黒い目に浮かぶ感情はわたしの発言への少しの怒りと、それから。

思わず、言葉もなく鏡の向こうを見つめると、蛍火はばつの悪そうな顔で目を逸《そ》らした。

死なせたくない――わたしは一度死んでいる。かつて蛍火と長く時を過ごした『睡蓮』は死んだ。

前世の死に際に見た蛍火の表情を思い出した。蛍火はいつも冷静で、千年間、動じた様子を見たことがなかった。そのときも彼には自覚がなかったのかもしれない。わたしだけが見た表情。あのとき、蛍火は泣きそうで、今にもくずおれそうな表情をしていた。手を伸《の》ばして、大丈夫だと伝えたかったけれど叶《かな》わず、前世でわたしはそのまま死んだのだ。

　蛍火はあのときと同じ目をしていた。

「蛍火」と呼ぶと、目を逸らしていた彼がこちらに向き直る。わたしは、蛍火を安心させるために微笑《ほほえ》んでみせた。

「わたしは、雪那を死なせたくない」

　先ほどまで胸の中で渦巻《うずま》き、燻《くすぶ》っていた感情が、再び落ち着く感覚がした。なくなったわけではない。けれど、感情に揺《ゆ》さぶられることはなくなった。

　王になる弟のために力を尽《つ》くすと決めた。彼が俯《うつむ》くのなら前向きになれるように言葉をかけ、彼が命を狙われているのなら阻止《そし》するのだ。

「狙われているのはわたしじゃなく、雪那よ。それにわたしが王宮でしたいことは調査だけじゃない。蛍火、あなたは三年、わたしにここで力を尽くす権利をくれたんでしょ？」

　蛍火はますます眉《まゆ》を顰《ひそ》めた。そして、十数秒の沈黙《ちんもく》の後、口を開く。

『何が狙われているのは自分ではない、ですか。どうせ、自分の命が狙われていたとしても決めたことは譲《ゆず》ろうとしないでしょうに。あなたは手の届く面倒《めんどう》ごとに、ことごとく手を伸ばす』

　蛍火がため息をついた。さすが蛍火、よく分かっている。

「蛍火も、結局理解して許してくれるでしょ？」

　蛍火がじろりと睨《にら》んでくるが、わたしは微笑んで受け流してやる。

「ということで、わたし一人で大丈夫だから」

改めて宣言した、のだが。

『馬鹿《ばか》ですか？』

突然罵倒《とつぜんばとう》され、わたしは戸惑《とまど》って目を大きく瞬《しばたた》く。

「馬鹿って何よ」

反射的に一言文句を言うが、蛍火は呆《あき》れた顔をした。

『私の心配と花鈴様が一人で調査を行うことはまた話が別です。なぜ一人で調査する前提なのです？』

理解に苦しむ、といった風に蛍火は言う。

「失礼ね。蛍火に頼むわけにはいかないわ。蛍火は内界をまとめる神子長だし、神子にしてもらった時点で十分協力してもらった。それ以上は頼みすぎよ」

『頼みすぎかどうかは私が決めることです。そして私はそうだとは思いません。花鈴様、困ったことがあるのならもっと頼《たよ》ってほしいのですが』

「でも……」

わたしは躊躇《ためら》うが、それ以上言う前に蛍火が続ける。

『首都外も含《ふく》めるとなれば、一人では手に余るでしょう。私に申し訳ないと思っているのであれば見当違《けんとうちが》いです。今あなたにはもっと気にするべきことが他にもあるでしょう？

ここまで言えば、どうすることが最も良いかお分かりですね？』

確かに雪那の側《そば》をあまり離《はな》れたくないのが本音だ。それら全てを汲《く》み取り、蛍火は手伝うと言ってくれているのだ。

「……蛍火、首都外にいる貴族の調査をお願いしてもいい？」

蛍火は満足そうに微笑み、鏡の向こうで一礼する。

『承《うけたまわ》りました』

するべきことは決まった。わたしは表情を引き締《し》める。

「雪那の命が狙われている以上、事は一刻を争うわ。雪那の即位を阻《はば》む目的なら、きっとまた命を狙われるはず」

『即位式まで、あと一月を切っていますから、それほど時間はありませんね。……そろそろ即位式に向けて他国の使者がやってくる頃《ころ》ですか』

「そうね」

いくつか今後のことを取り決めて、蛍火との通信を切った。

まずは王宮内で調査できる時間を作るために瑠黎の協力を取りつけよう。一刻も早く雪那のために解決を、と気合を入れる。

けれどそれから七日経《た》っても事態は一向に進展をみせなかった。

各国の使者を迎《むか》える準備が進む謁見《えっけん》の間を眺《なが》めながら、わたしは一人ため息をついた。

あれから毒の出所を探るため地道に聞き込みを続けたが、ついに進展と言える進展が何もないまま、使者を迎える日が来てしまった。

この数日で分かったことといえば、使用された毒の種類くらいだ。毒味役の女官の死体を検《あらた》めた検死官の話によると、独特の鼻をつく匂《にお》いから、毒自体は砒草《ひそう》という植物から取れる即効《そっこう》性の高いものと判明したそうだ。入手が難しく、解毒剤《げどくざい》にも今は流通していない植物が必要なため解毒はほぼ不可能だという。

しかし犯人特定につながる情報はなく、厨房《ちゅうぼう》や当日の現場に居合わせた者達からも有力な情報は得られなかった。

それでもなんとか明日には、毒味役死亡の件で投獄《とうごく》されている者と会えることになったので、何か情報が摑《つか》めればいいのだけれど……。

「では陛下、決まったお言葉だけをかけてくだされば問題ございませんので、くれぐれも失態はされませんよう」

耳に入ってきた言葉にそちらに目を向けると、憲征が小声で雪那に言い含めていた。

いよいよ使者との謁見が始まるらしい。わたしも気を取り直して、背筋を伸ばす。謁見の間の最奥《さいおう》、階段の上の玉座には雪那が座し、右手には瑠黎が控《ひか》えている。階段下には神子が並んでおり、わたしもその中に紛《まぎ》れるようにして立っていた。

神子から五人分程度の空間を空けた反対側には重臣が、壁際《かべぎわ》には衛兵と女官が規則正しく並び、仰々《ぎょうぎょう》しい様子だ。各国の使者達は、順にこの謁見の間に通される。

玉座に座る雪那は、見るからに緊張《きんちょう》した空気を醸《かも》し出していた。初めて、他国の公的な地位にある者と会うのだから、無理もない。

雪那を見守りながら、わたしは懐《なつ》かしさを覚える。前世のわたしが即位した際は、不安を押し隠《かく》して、背筋を伸ばして今雪那が座っている玉座に座っていた。少しでも力を抜《ぬ》けば震《ふる》えそうになる手を握《にぎ》り締めて、使者を呼び入れるが良いかという重臣の問いかけに、硬《かた》い頷《うなず》きを返したのだ。そうして、一層高まる緊張と闘《たたか》っていた――。

「恒月国の使者ご一行をお迎えいたします」

扉《とびら》の近くにいる者がはきはきとした声で告げた言葉に、我《われ》に返った。

謁見の順番は、王の在位年数が長い順だ。

恒月国――現在存命中の王の中では、最も長い時代を築く王が統治する国だ。農業や漁業は普通《ふつう》だが、商業が盛《さか》んで、工芸などのより質の高い物を売るための技術が際立《きわだ》っている。他国との貿易に積極的で、近隣《きんりん》諸国の中では群を抜いて栄えている。様々な国の技術や文化が入り交じり、国内の建物等が独自の変化を遂《と》げているのも特徴《とくちょう》だ。

前世でわたしがお世話になり、一番関《かか》わった国でもある。

最後に見た恒月国の景色を思い出す。変化を好む『彼』の治める国だ、二百年も経《た》てばきっと景色は変わっているだろう。

漆黒《しっこく》の髪《かみ》に、誰《だれ》よりも強い意志を感じさせる紫色《むらさきいろ》の瞳《ひとみ》。

不意に思い浮《う》かんだ姿に会いたいと思ったけれど、会いたくない、と相反する思いがすぐに顔を出し俯いた。

どのみち、会いたいと望む資格なんてわたしにはない。

恒月国の使者一行が謁見の間に入り、雪那の許《もと》に進み跪《ひざまず》く。その様子を懐かしさと寂《さび》しさを感じながら眺めていた――のだが、ふと使者の中の一人に視線が吸い寄せられる。

よく見えないが、服装は恒月国の高官の一人といったところか。使者の代表は先頭にいる者だが、一行の半ばにいるその人物からなぜか目が離せなくなる。俯いているため、茶色の髪くらいしか窺《うかが》えないが……。

顔を上げるようにという重臣の一人の声かけで、使者一行が全員面《おもて》を上げる。わたしが何気なく見ていた者の顔も控えめに上がり――わたしは息を呑《の》んだ。

現れた瞳は、鮮《あざ》やかな紫色だった。無表情でいると見る者に威圧感《いあっかん》を与《あた》えるほど、凜々《りり》しく整った顔立ち。

紫苑だった。染めているのか鬘《かつら》なのか、茶の髪からは予想できなかった人物の登場にわたしは大きく目を見開き、凝視《ぎょうし》した。

そしてほぼ同時に、無視できない存在に気づいた者がいた。

「……恒月国王？」

思わずといったように声をこぼしたのは、雪那の側で控えていた瑠黎だった。

瑠黎の声は、静寂《せいじゃく》が保たれていた室内ではよく響《ひび》き、一気にざわめきが広がっていく。使者が前を通り過ぎても、真っ直《す》ぐ前を見たまま微動《びどう》だにしなかった者、顔を伏《ふ》せていた者も含め、誰もが恒月国の使者一行を見た。特に、瑠黎が見ている男を。動じなかった者はたった一人だった。

「いえいえ、ここに王がいるはずがありません。この人は――」

「宗流《そうりゅう》、いい」

紫苑の隣《となり》にいた男が立ち上がり前に出てきて誤魔化《ごまか》そうとしたが、紫苑がその肩《かた》に手をかけ、下がらせる。

「瑠黎、なかなか目がいいな」

この場の全員の注目を集めていることなどまるで意に介《かい》していないように、彼は笑った。

直後、場が慌《あわ》ただしくなる。使者の中に王がいるなどと聞いていないのだから当然だ。他国の王ともなれば最上級の待遇《たいぐう》で迎えねばならないが、宮の準備は整っていない。

だが、きっとこの瞬間《しゅんかん》、西燕国の誰よりも動揺《どうよう》していたのはわたしだろう。まさか、こんなところで再会するなんて。

「西燕国王、突然《とつぜん》の訪問となり申し訳ない」

進み出て来た紫苑が、玉座に向かって声をかけると、雪那がびくりと震える。

「恒月国王――」

雪那は何とか受け答えしようとしたが、言葉が上手《うま》く出てこないようで口をぱくぱくさせる。謁見で使者にかけるお決まりの言葉は毎日練習していたが、予想外の展開だ。

雪那が困ったようにわたしを見るのが分かる。そして、そんな雪那の視線を追って、強く澄《す》んだ紫《むらさき》の瞳がわたしを捉《とら》えた。

紫の目が驚《おどろ》きに見開かれ、その唇《くちびる》が「睡蓮」と、かつてのわたしの名前の形に動いた。

とっさに俯《うつむ》いて床《ゆか》を見つめる。それからどれくらいの時間が経ったか分からない。気がつけば恒月国の謁見が終わっていた。

次の使者が入室する前に、わたしは逃《に》げるように足早に謁見の間を出た。紫苑に会うわけにはいかない。大体、即位式《そくいしき》には王は来ないはずなのに、どうして紫苑がここにいるのか。思考はろくに回ってくれないが、とにかくぐずぐずせずに、神子の宮に引っ込んでしまおう。

今いる廊下《ろうか》を抜ければ神子の宮だ。もう入り口は見えていた。あと少しと安心して駆《か》け

抜けようとした直後、曲がり角にいるはずのない姿を見つけて足を止めた。

「どう、して」

紫苑が息一つ切らさず、衣服も乱さず、立っていた。まずい、とわたしは無意識に踵《きびす》を返したが、ぐっと腕《うで》を摑まれる。

「どうして逃げる」

驚きと、焦《あせ》りと、あと何かの感情が滲《にじ》んだ声が言った。よく通る低い声に、体がびくりと跳《は》ねた。

引き寄せられ、眼前に迫《せま》った目と目が合い、わたしはまた動けなくなる。その眼差《まなざ》しは、わたしに逃げることは許さないと告げていた。強い意志と感情を宿しているときほど、鮮やかさを増す綺麗《きれい》な紫の瞳。

「本当に、睡蓮なのか」

紫苑の目に惹《ひ》きつけられていたわたしは、前世の名前で呼ばれて我《われ》に返る。ろくに動かない頭を懸命《けんめい》に動かし、この状況《じょうきょう》での最適解を絞《しぼ》り出した。気づかれないように小さく息を吸う。

「恒月国王様ですね。どなたかと間違《まちが》われているようですが、わたしはこの国付きの神子の花鈴、と言います」

表情筋全《すべ》てを総動員して微笑《ほほえ》み、目を逸《そ》らさないように紫の目を見て、首を傾《かし》げる。こうなればしらばっくれるしかない。

ごめんなさい、紫苑。今世ではあなたに関わる気はないの。それに、わたしはもう睡蓮じゃない。だからこそ、もう同じ立場で話すことはできない。

「な、にが間違いだ」

紫苑は、吐《は》き捨てるように言った。表情が険しくなる。

「その顔、声。何よりも逸らすことを許さないその澄み渡《わた》った眼差しを俺は知っている。どこが違う」

あまりにも真っ直《す》ぐ向けられる瞳に心がざわつく。けれどそんなことはおくびにも出さず、わたしは鉄壁《てっぺき》の笑《え》みを貼《は》りつけて淡々《たんたん》と返した。

「そう言われましても、わたしはあなた様とお会いしたことなどありませんので。どなたか、お知り合いと似ているのかもしれませんが、人違いではありませんか？」

他人の空似だと、欠片《かけら》くらい疑ってみたらどうなのか。

しかしどんなに頑《かたく》なに否定しても、やはり紫の瞳は一切《いっさい》揺《ゆ》らがなかった。そんな様子に苦い気持ちと懐《なつ》かしさがこみ上げる。鋭《するど》い直感も、自分に自信があるところも――紫苑は、本当に変わらない。

「人違い？　俺も死んだ人間が目の前に現れれば普段なら他人の空似だと考えるだろうな。だが、今、お前を前にして別人だとは欠片も思えない。どうしてそこまでして否定する、睡蓮」

──やめて、お願いだからその名前で呼ばないで。

紫苑に前世の名前で呼ばれる度《たび》、心が揺さぶられる。前世に置いて来た感情が、引きずり出されるような気がして、苦しい。

わたしは花鈴。睡蓮は死んだ。紫苑とは関わらない。……揺らぐな、貫《つらぬ》き通せ。でないと後悔《こうかい》する。

「人違いです」

声を振《ふ》り絞り、真っ直ぐに目を見返して、わたしは同じ言葉を繰《く》り返した。

瞬間、腕を摑《つか》む力が強まった気がした。そして、紫色の目に怒《いか》りとも悲しみともしれない複雑な色が浮かぶ。その目に気をとられていると、体がぐっと重くなる。水鏡を通り抜《ぬ》けて西燕国に来たときと似た感覚に、はっと顔を上げた。

「……待って！」

神秘の力を使うつもりだ……！　だが、わたしが悟《さと》ったときにはもう遅《おそ》かった。


気がついたときには、周囲の景色が一変していた。どこかの室内のようだが……。

細かい模様が刻まれた柱、見事な天井画《てんじょうが》、深い赤の織物──見覚えがある。そうだ、ここは恒月国用の滞在宮《たいざい》の一室だ。

確かに王の神秘の力なら、瞬時に遠くまで移動することもたやすいが、自国以外では力が制限され、数回使うだけでも体への負担が大きいはず。

まさかこんなに強引《ごういん》な手段をとるなんて。

「紫苑、何のつもり――」

「ようやく名前を呼んだな」

「……っ！」

ふっと口元を緩《ゆる》めた紫苑の言葉にはっと口を押さえる。完全に無意識だった。これでは認めてしまったようなものではないか。

摑まれていた手はいつの間にか離《はな》されていた。扉《とびら》は紫苑の背後にある。

「どこを見ている？　二百年振《ぶ》りだろ、俺を見ろ」

顎《あご》を摑まれ、目を逸らすことなど許さないと言わんばかりに強制的に視線を戻《もど》された。紫の目が思いのほか近くにあって、どきりとする。

何か言わなければ、紫苑の前から去らなくてはと、頭の中では警鐘《けいしょう》が鳴っていた。わたしが睡蓮だと確信されてしまったら、紫苑に次に何を問われるのかは分かり切っていた。

次の言葉を聞きたくない、そう思うのにやはりわたしの体は動かなかった。

「睡蓮、説明しろ。何故《なぜ》ここにいる？　二百年前、お前は死んだはずだ」

死んだ人間がまた現れたことを説明しろと言っているのか、それとも実は死んでいなかったのかと言っているのか。いいや、後者はあり得ないと、王である紫苑はきっとよく分かっている。

いくらわたしの姿が前世と似ていても、『睡蓮』が死んだ事実は変わらない。西燕国に新しい王が即位していることが、わたしが一度死んだという何よりの証拠《しょうこ》なのだから。

わたしは心の内で、一つ、深呼吸した。

「……そう、『睡蓮』は死んだ」

これ以上否定したところで、紫苑は信じないだろう。けれど一つだけ、どうしても譲《ゆず》れないことがある。覚悟《かくご》を決め、わたしは真正面から紫苑の視線を受ける。

「『睡蓮』はもうどこにもいない。わたしは花鈴。あなたとは関係のない人間」

花鈴、という名を与《あた》えられ、新しい人生を生きてきた者だ。

「今名乗っている名前が何であれ、睡蓮だという事実は変わらないはずだ」

「わたしはもう王じゃない。王であった睡蓮とは違うわ」

「どういう意味だ」

名前も生まれも職も違う。王にはなり得ない存在だ。わたしは花鈴。一方で睡蓮という人物だったことも事実で、容姿は同じで、記憶《きおく》も持っている。それでも、わたしにとっては違うのだ。どうすれば紫苑を納得《なっとく》させられるのだろう。

うまく言葉が出てこず黙《だま》っていると、紫苑が痺《しび》れを切らしたように口を開く。

「どうしてそこまで頑なに否定する」

今は睡蓮じゃない。雪那の件で協力してもらうことになった蛍火とは事情が違って、紫苑とは関《かか》わるわけにはいかない。紫苑は他国の王で、わたしはただの農民。本来であれば交わることのない人生なのだから。

「そんなに俺に会いたくなかったか。最初は人違いだと言って逃《に》げようとしたな」

悲しみを感じる声に、うろたえる。

「会いたくなかったわけじゃ、ない」

「それなら、どうして逃げようとした。関係ないなんて言う。繋《つな》がりをなかったことにしようとする。――どうして二百年前自害した。今まで……いつから、どこで生きていた」

「紫苑」

名前を呼ぶと、紫苑の言葉が止まる。呼ぶつもりはなかったのに、次々と投げかけられる問いが心に突《つ》き刺《さ》さるようで、とっさに名前を呼んでいた。

わたしは、一度口を閉じたけれど、また紫苑が話し始めないうちに口を開いた。

「紫苑……そうじゃないの。わたしは、紫苑と会うべきじゃない」

「――どうして、そんなことを言う」

紫苑が傷ついた顔をしたのを見て怯《ひる》みそうになっても、ここで引くわけにはいかない。

「かつてのわたしは王だったけれど、今のわたしは王じゃない。紫苑が関わる理由はもうないでしょ」

「王じゃないから関わる理由がない？　俺は、睡蓮が王じゃなければ関わってはいけないのか。俺が、睡蓮が王だったから関わり続けていたと思ってるのか」

だって、出会ったのは互《たが》いが王だったからだ。元はと言えば荒《あ》れ果てた恒月国を立て直そうとする紫苑を、わたしが支援《しえん》する形で始まった関係だった。支援が必要なくなっても、わたしと紫苑の関係は続き、時折会っては雑談をするような仲になっていた。わたしは紫苑と交《か》わす他愛《たわい》もない会話が好きだったし、紫苑はわたしを王として尊敬していた。けれど紫苑が恒月国の変化を楽しそうに話す度《たび》に、紫苑から尊敬の念を感じる度に、心のどこかで罪悪感を感じていた。

——本当のわたしは紫苑が思っているような王じゃなかった。

『わたしの国はもう完成しているから』と言ってわたしが自国について語るのを避《さ》けていたことに、紫苑は気がついていなかっただろう。それは本当のことであって、どこまでも前へと進んでいきそうな紫苑と自分は違《ちが》うと、自分で声にして決定付けたときでもあった。そうだ、わたしは、いつも紫苑に圧倒《あっとう》されていた。

そうやって、王であったときでさえ、わたしは紫苑と対等に話せていなかったのに。今、紫苑がわたしと関わっても、何も得られるものはない。良い友人であったとしても、王である友人だったから意味があったのだから。そうでしょう？

「お前が何であれ、睡蓮であるなら関係ない」

澄《す》んだ瞳《ひとみ》に心の奥まで見透《みす》かされそうで居心地《いごこち》が悪くて、目を逸《そ》らしそうになる。紫苑はかつてのわたしを見ていたときと同じ、強すぎる意志を宿した目で今のわたしも見る。

「二百年前」

不意に、その目が何かを堪《こら》えるようなものに変わる。

「最後に会った日、お前を帰さなければ良かったと何度後悔したか分からない」

最後に会った日のことを思い出す。いつもの露台《ろだい》で紫苑を待ちながら、ああ、恒月国の景色を見るのも、紫苑に会うのもこれで最後か、とぼんやり考えていた。後ろから名前を呼ばれて、振り返った先に紫苑の顔を見つけて久しぶりに泣きそうになった。

でも決して彼の前では泣かないと決めていた。何も伝えることはできないけど、たとえ我が儘《まま》だと分かっていても紫苑には笑顔《えがお》だけを覚えていてほしかったから、あの日いつも通り笑顔で話して、別れも告げず、死ぬことを選んだのだ。

「二百年間、睡蓮を忘れたことは一度もなかった。この二百年が取るに足らない歳月だったとでも思うのか。……それまで何百年と生きてきたが、お前のいない日々は一際《ひときわ》長く、色褪《いろあ》せて見えた」

紫苑は、切なげな表情で言った。

二百年の長さはわたしも知っている。王と神子以外の人間の一生は長くても八十年前後で終わる。その歳月に治世が到達《とうたつ》できない王もおり、二百年は、親しくしていた人や王がいなくなってしまった後の虚《むな》しさを感じるには十分な時間だった。紫苑の二百年を思うと、何も知らないわたしにはかける言葉が見つからない。

——二百年経《た》ったのだから、わたしのことなんて忘れてしまえばいいのに、どうして。

「お前が好きだ」

力強い光を宿す目は、いつの間にか燃えるような強烈《きょうれつ》な感情に染まっていた。

思いがけない紫苑の言葉に、わたしは息を呑《の》み、言葉どころか声すらも奪《うば》われる。

「睡蓮が王だったから関わり続けていたわけじゃない。王としてだけ関わるのなら、最低限の友好的な付き合いをすればよかったはずだ。出会ったばかりのとき、お前の言葉に滲《にじ》む芯《しん》の強さに奮い立たされた。はっきりと物を言う、凛《りん》としたお前に惹《ひ》かれた。俺の言葉を聞いて、俺の国を見ているときのお前の笑顔が好きだった。気がついたときには、お前と過ごした時間全《すべ》てが大切になっていた」

溢《あふ》れ出すように、紫苑は言葉を重ねる。真摯《しんし》な、それでいて、血を吐《は》くような声音《こわね》で一息に言い、表情にも苦しそうなものが増す。

「伝えれば良かったとずっと後悔《こうかい》していた。二百年前、お前が死んだとき。永遠の別れだと、二度と会えるはずがないと思っていた。――そのお前にまた会えたのなら、もう絶対に離さない」

紫苑が、わたしのことを好き――？

その言葉をようやく理解して、わたしの体が知らず知らずのうちに微《かす》かに震《ふる》える。

「……お願い、やめて」

懇願《こんがん》の声は掠《かす》れた。

紫苑といることは叶《かな》わない。何を言われようと、わたしの返事は紫苑と再会する前から一つしかない。

「以前死んだ理由を、言うつもりはない。……紫苑の気持ちも、受け入れるわけにはいかない」

「睡蓮」

その一言でわたしの中で何かが弾《はじ》けた。

「違う、わたしは花鈴……！　睡蓮はもう死んだ！　あなたが見ていたものは、全部王としての睡蓮よ！」

紫苑が表情を歪《ゆが》めてから、はっとする。胸が締《し》め付けられるように痛む。

二人になったときだけだけれど、蛍火と瑠黎からも睡蓮と呼ばれることはある。なのに紫苑に呼ばれると、どうしてこんなに拒絶してしまうのか。自分でも分からず、かと言って呼ばれたくないという衝動《しょうどう》は収まらずに胸元《むなもと》を握《にぎ》り締める。

ごめんなさい、紫苑。こんなことしか言えないから、やっぱりわたしは紫苑と会うべきではなかった。

思考も体も、全てが混乱と焦《あせ》りに支配されていた。もう、どうすればいいのか分からない。一刻も早くこの場から逃げ出したかった。知らず知らずのうちに一歩足が後ろに下がる。

そのとき、たった一人全てを知る存在が言った「緊急時《きんきゅう》は迷わず連絡《れんらく》してください」という言葉が頭をよぎり、とっさに声を張り上げていた。

「蛍火！」

胸元に仕舞《しま》っていた小さな手鏡を取り出すと、鏡が微かに光る。刹那《せつな》、足元に、ここではないどこかの景色を映した水面が丸く広がり、わたしの視界に濃《こ》い青色が広がった。

わたしと紫苑の間に蛍火が立っていて、安堵《あんど》から蛍火と呼ぶ声は言葉にならなかった。

蛍火はわたしを見た後、紫苑を見て、一瞬《いっしゅん》で状況《じょうきょう》を把握《はあく》したようだった。顔の強張《こわば》るわたしをさっと背後にやり、にこやかな表情で紫苑に向き直る。

「おや、紫苑様ではありませんか。二百年振《ぶ》りに挨拶致《あいさついた》しますが、お変わりないようですね」

「蛍火……」

現れた蛍火のいつも通りすぎる挨拶を受けて、紫苑の顔から表情が抜《ぬ》け落ちる。

「お前は知っていたのか」

地を這《は》うような低い声が問いかけた。

「知っていましたよ。見ていただければ分かると思いますが、今のこの方は神子ですから」

何を、と問い返すこともなく、蛍火はあっさりと認める。見れば分かるだろう、お前の目は節穴かと続けて聞こえてきそうな言い方に、紫苑が不快そうに眉《まゆ》を顰《ひそ》める。

「二百年前、睡蓮は死んだはずだ」

「ええ、お亡《な》くなりになりました。そしてまたこの世にお生まれになっただけのことです。それより、このご様子は見過ごせませんね。一体何をなさったのでしょう？」

穏《おだ》やかな笑顔とは裏腹に、蛍火の声からは微かな怒《いか》りを感じる。

「ああいえ、想像はつきます。『なぜ死んだのか』でしょうね。——それを今さら知ってどうするのですか？」

「今さら？」

「今さらでしょう。睡蓮様が亡くなられてから、すでに二百年ですよ」

蛍火は、刺々《とげとげ》しい声音で言葉を叩《たた》きつけた。

「二百年振りに再会して、させる顔がこれですか。呆《あき》れたものですね、紫苑様」

　紫苑がわたしを見て、目を見開く。わたしは蛍火の言う『顔』がどんな顔なのか分からず、とっさに蛍火の背後に顔も隠《かく》してしまう。隠れる直前に紫苑が何か言おうと口を開くところが見えたが、結局紫苑は何も言うことはなかった。

「二百年振りの再会で心中お察ししますが、今日のところはどうぞ冷静になってください。仕事もあるので彼女は連れて行きますよ」

　蛍火がこの場に現れたときのように、足元に丸く水が広がるように水鏡が現れ、蛍火に連れられて、わたしは恒月国用の滞在宮を後にした。


　次に立っていた場所は、内界の水鏡の間だった。人気《ひとけ》のない場所に向かいながら、蛍火が「大丈夫《だいじょうぶ》ですか」と囁《ささや》く。「大丈夫」と答えると、「大丈夫なら私を呼ばないでしょう」と信じてもらえず、じゃあ聞かないでよ、と弱い声が出そうになった。

　辿《たど》り着いたのは蛍火の私室だった。確かにここなら人目に触《ふ》れず落ち着けるし、誰かに聞かれることもない。

「蛍火、ありがとう……」

　深く息をついた。来てくれて、あの場から連れ出してくれてありがとう。あのまま自分一人でいたら、どうすればいいのか分からなかった。力が抜けてくずおれそうになるのを堪えて、情けない顔だけは隠したくて床《ゆか》を見つめる。

「何があったのですか」

今の混乱した頭ではうまくまとめて話せそうになくて、わたしは蛍火に一から話した。即位式《そくいしき》に向けてやってきた使者の中に紫苑がいたことから、恒月国用の滞在宮《たいざいぐう》に連れて行かれた経緯《けいい》と、紫苑に問われ、答えた内容まで。

「死んだ理由を聞かれて、言えなくて。でも、紫苑が全然納得《なっとく》してくれないから……あれ以上どうすればいいのか分からなかった」

二百年前、わたしは神とある契約《けいやく》を交《か》わし、それにより死ぬことになった。そしてわたしは『睡蓮』の人生のしがらみから解放されるはずだったのに、『睡蓮』の全ての記憶《きおく》を覚えたまま生まれ変わってしまった。

紫苑と会えば必ず追及《ついきゅう》されると思っていたのも、会いたくなかった理由の一つだった。

唇《くちびる》を噛《か》み締めるわたしを、蛍火はしばらくじっと見つめたあと、そっと口を開く。

「……もしも神子の印がなく、死んだ理由を言えたとすれば言っていましたか」

なぜそんなことを聞くのか、とわたしは首を傾《かし》げる。けれど蛍火が真剣《しんけん》な表情でわたしを窺《うかが》うので、わたしは首を横に振《ふ》って答えた。どのみち答えは変わらない。神子の印だけが理由なのではなく、わたしが言いたくないのだ。

わたしが死を選んだ理由の一つは、わたしが自分の時代を誇《ほこ》らしいと思っていなかったからだ。

紫苑は、出会ったときにはもう長い治世の最中にあったわたしを王として尊敬してくれていた。けれど彼は、わたしが本当はどのような王だったかを知らない。西燕国に理想化されて残っている話のように、今も望まれるほど立派な王であったとは思わない。

紫苑が真実を知れば、きっと落胆《らくたん》するだろう。わたしはせめて紫苑にとっては立派な王のままでいたかったから、前世で何も言わずに死んだ。現在自分の時代が伝説のように語られていることをもどかしく感じているのに、とんだ矛盾《むじゅん》なのかもしれない。

「紫苑が好きだって言ったのも、王としてのわたしに決まってる。紫苑は王でないときのわたしを知らない。過程も知らない。今は死んだはずのわたしが突然《とつぜん》現れたから、きっと何か勘違《かんちが》いしているだけだと思う」

「紫苑様に会いたくないのであれば、内界に戻《もど》ってもいいのですよ。王宮での調査は私が行います。花鈴様は首都外の調査をしてください。西燕国王の側《そば》には即位式後、紫苑様が去られてから戻ればよろしいかと」

わたしは迷った。紫苑に会わなければ、聞かれたくないことを聞かれることはなく、安心だ。でもその事情と、現在の弟を取り巻く事情を天秤《てんびん》にかけると、自《おの》ずと答えは出た。

「内界には行かない。これまで通り、わたしは西燕国の王宮にいる」

わたしは、蛍火にきっぱりと答えた。

「紫苑様に会うのを避《さ》けたいのでは？」

「そうよ。でも、別に会うことが嫌《いや》なんじゃなくて、聞かれるのが嫌なだけ。今、西燕国を、雪那の側を離《はな》れるわけにはいかない」

紫苑に会えたことは嬉《うれ》しかった。死んだ理由を答えられないから、苦しい。代償《だいしょう》はあまりに重いが、紫苑に言いたくないのは自分の感情のせい。

そんな自分の感情よりも、雪那を一人にはできない。

「あなたなら、そう仰《おつしや》ると思っていました」

どさくさに紛《まぎ》れて調査場所を変更できなくて残念だと言って蛍火は笑った。


睡蓮と蛍火が去り、一人取り残された部屋で、紫苑はその場から一歩も動かず、片手で髪《かみ》を乱し、そのまま顔を覆《おお》った。

――二百年前、突然の別れとなり、二度と会えないはずの女が現れた。

謁見《えっけん》の間で西燕国の新王の視線を追った先にあった姿に、紫苑は呼吸を忘れた。もうどれほど会いたいと願っても、記憶の中にしか存在しない彼女を見つけた。睡蓮。久しぶりに、その名前を口にした。

夢幻《ゆめまぼろし》ではない、と思うと、柄《がら》にもなく泣きそうなほどの歓喜《かんき》がこみ上げた。同時に胸の内に、ずっと沈《しず》めていた感情が湧《わ》いてきた。あれは睡蓮だ。見間違うはずはない。

すぐにでも彼女を捕えたかったが、理性で踏みとどまり退出する。幸いにして、その特《とく》徴《ちょう》的な衣装《いしょう》から睡蓮が向かうだろう場所は容易に想像がついた。神子の宮の前にいれば会えると踏《ふ》み待ち伏《ぶ》せすると、予想通り彼女は現れた。睡蓮かと問いかけたが、答えを聞かずとも出会った瞬間《しゅんかん》から確信していた。月と同じ色の瞳《ひとみ》と目が合い、声を聞いた。この先千年を超《こ》え生きようと、一生涯《いっしょうがい》忘れることのない声だ。だが睡蓮は人違いだと何度も言った。数分に満たない間でも、紫苑はその顔を見る度《たび》、声を聞く度に、心揺《ゆ》さぶられているというのに。

——なぜ認めない。これまでお前はどこにいて、誰《だれ》と生きていた。

考えれば考えるほど感情が昂《たか》ぶり、問いが止まらなかった。

去り際《ぎわ》の彼女の姿を思い出し、どうしようもない苛立《いらだ》ちが募《つの》る。答えを得られなかったことはもちろん、蛍火が彼女の存在を知っていたことに。そして、睡蓮の顔を強張《こわば》らせたのが自分であるという事実に。

蛍火に言われて見たとき、睡蓮は今にもその場から消えてしまいそうな顔をしていた。

何かに当たりたい衝動《しょうどう》に駆《か》られるが、ぐっと耐《た》える。こんなにも感情が滅茶苦茶《めちゃくちゃ》で、制御《せいぎょ》できそうにないのはいつ振《ぶ》りだ。

高まり続ける感情を持て余し、紫苑は強く拳《こぶし》を握《にぎ》り、歯を食いしばった。

「戻りました。おっ、このお部屋も変わっていませんね。紫苑様も懐《なつ》かしいので、は？」

のんきな感想を述べながら入ってきたのは、一人の神子だった。

こげ茶色の目は垂れ、同じ色の髪を後ろで軽くまとめている。いつも緩《ゆる》い笑《え》みを浮《う》かべているせいで、全体的に軽薄《けいはく》な印象を与《あた》える二十代前半の見目をした男だ。実際性格も軽くはあるが、この男こそ紫苑の国である恒月国の筆頭神子で、名を宗流と言う。

宗流は紫苑の険しい表情に怯《ひる》んだようだったが、長い付き合いの賜《たまもの》か一瞬後にはいつもの調子に戻っていた。「言いつけ通り、西燕国の神子に話を聞いてきました」と言い直しつつ、真面目《まじめ》な顔になる。

「謁見の間にいたあの睡蓮様にとてつもなく似た神子ですが、『花鈴』という名前で、少し前にここ西燕国に派遣《はけん》されたそうです。……やはり、睡蓮様に似た別人では？」

「別人じゃない」

宗流はいまだに信じ難《がた》いという様子だが、紫苑は即座に否定する。

「ですが、その……睡蓮様は二百年前にお亡《な》くなりになったわけではありませんか？」

宗流は、紫苑の様子を窺いながら慎重《しんちょう》に言う。

「その『睡蓮様』に会いに行ったのですよね？　ご本人から何か聞けなかったんですか？」

「聞いたが、答えはろくに返ってこなかった。……蛍火は何か知っている様子だったが」

宗流は、「蛍火様がいらっしゃったんですか」と別のことにも驚《おどろ》いている。驚くのも無理はない。今や蛍火は神子長で、特定の国に関《かか》わるような立場ではない。西燕国の筆頭神子であったのは二百年前までの話だ。

「蛍火様に睡蓮様にしか見えない神子ですか……。真実味が増してきましたね。……では、まさかですが、二百年間生きておられたとか？　神子として生きて、蛍火様が隠《かく》していらっしゃった、とか……？」

蛍火がどう関係しているのかは気になるところだが、宗流の推測に対し、紫苑は「あり得ない」と断じた。

「王は一生玉座から降りることは叶《かな》わない。降りるときは、治世のみならず生が終わるときだ。……即位するとき、王は内界で神に拝謁《はいえつ》する。確かにそこに『いる』と感じた神は、こう言った。『お前は王になったが神ではない。民《たみ》が望む間玉座にあるのだということを忘れるな』と」

かつて、この大地全《すべ》てを神が治めていた。今のようにいくつもの国はなく、隔《へだ》たりのない一つの地だった。大昔、神は大地をいくつもの国に分け、それぞれに人間の『王』を立て、不老の身を与え人の域から逸脱《いつだつ》した性質を与えた。

「俺達は優《すぐ》れた王と崇《あが》められ生き続けるか、愚王《ぐおう》と呼ばれ民に討《う》たれるかしかない。生きたまま、途中《とちゆう》で辞《や》めたいからと言って、王位を降りてただの人間に戻ることは叶わない」

睡蓮という王は、千年という、どの国の王が築いた歴史よりも遥《はる》かに長い時代を作った。大地が豊かで、貧しい者がいない国。そして身分の違いを乗り越え、誰もが新たなことを学ぶ機会を得られる制度の整った、恒月国とは異なる意味で自由な風土の国でもあった。

睡蓮はそのとき国に必要な改革を端的《たんてき》に行い、死んでは新たに生まれ紡《つむ》がれていく民の営みを、穏《おだ》やかな国風を保ち守る王だった。

生前は『最も神に近い王』と呼ばれていた。

「睡蓮が死んだ後、西燕国に王が立つのは今回で二度目だ。睡蓮の死は疑いようもない。……それに、実際に遺体を見ただろう」

二百年前、西燕国王の訃報《ふほう》が内界からもたらされたとき、そんな馬鹿《ばか》な、と思った。つい先日会ったときも何も変わった様子はなく、笑い、話し、いつものように帰って行った。そんな彼女が死ぬはずがない、何かの間違いだと一蹴《いつしゆう》するために西燕国に向かった。

だが、待っていたのは、安置された彼女の遺体と側に立つ蛍火だった。

今でもあのときに見た彼女の姿が夢に出てくることがある。上半身の衣服が乾《かわ》いた血で茶色く変色して、肌《はだ》の色が変わり果てていた。

自害だと、後に内界から情報を得てきた宗流から聞いた。

なぜ、と一番に思った。なぜ自分で命を絶った。次に、王は自死することなど許されないはずなのに、どうやって、と思った。だがそれらはすぐに、睡蓮の死という衝撃《しょうげき》の事実に対する悲しみで塗《ぬ》りつぶされた。

「……蛍火も、あれは演技の顔じゃない」

いつも考えの読めない笑みを浮かべていたくせに。あのとき、あの神子の黒い目から光が失われ、涙《なみだ》が伝っていたのをよく覚えている。衣服の袖《そで》からちらりと見えた手が震《ふる》えていた様も。二百年前確かに睡蓮は死んだ。あれが嘘《うそ》だったとは考えられない。

「確かに、そうでした」

宗流も頭では分かっていたが、死んだはずの人間が現れたものだから思わず口にしてしまったのだろう。

「あのとき……」

紫苑は眉根《まゆね》を寄せ、過去を思い出す。そういえば二百年前、紫苑が西燕国に駆けつけた場で、蛍火に言われたことがある。紫苑が来たと気がつき、悲愴《ひそう》な顔のまま、一言。

「『あなたは、最後まで気がつかなかった』」

記憶《きおく》を辿《たど》って出て来た言葉を反芻《はんすう》した。当時は睡蓮が死んでしまった衝撃と喪失感《そうしつかん》で、その後も、どうあれ睡蓮の死を覆《くつがえ》すことなどできはしないからとこの言葉について考えもしないまま忘れてしまった。

だが、再び睡蓮が現れた今、その言葉を無視することなどできなかった。蛍火は確実に何かを知っている。

二百年前睡蓮が生きていたとき、自分は何に気がついていなかったと言うのか。それが原因で、今、再び現れた睡蓮に関して何も分からないのか。紫苑は眉間《みけん》に皺《しわ》を刻み、真剣《しんけん》な表情で考え込む。何か他《ほか》に分かることはないかと、記憶を探《さぐ》る。

「花鈴……」

宗流が聞いて来た名前であり、睡蓮も言っていた名前だ。

『違《ちが》う、わたしは花鈴……！　睡蓮はもう死んだ！』

ここで、睡蓮は悲痛にさえ感じられる様子で、叫《さけ》ぶように言った。

「睡蓮は、死んだ。だが、あれは間違いなく睡蓮だ。……蛍火が、『またこの世にお生まれになっただけ』だとか言っていた」

頭に血が上っていた場でのことを、できるだけ冷静に整理していく。

「宗流、何か心当たりはあるか？」

「神子の知識としての話ですか？　この世の人間は死後、新たな人間として生まれ変わるというのはありますが、記憶のない別人ではなかったのですよね？　そうなると訳が分かりませんね……とはいえ、蛍火様は今や神子長様ですから、神子長しか知らないこともあるのかもしれません。単独で神への拝謁を行える神子は神子長のみ、拝謁の場へ繋《つな》がる扉《とびら》の鍵《かぎ》は神子長のみが代々管理……など、神子長にしかできないこともあります」

やはり蛍火か。久しぶりに真正面から目にした、腹の底が読めない微笑《ほほえ》みが頭を過《よぎ》る。

「くそ、どうして俺には言えない」

抑《おさ》えようとしていた苛立ちが戻《もど》り、紫苑は悪態をつく。

「何か事情があるんですよ、きっと。言えない理由が」

近年はあまり見ない荒《あ》れ方を見せる王を、宗流がそう言って宥《なだ》める。

──事情？　ならば、聞かない方がいいのか？　死んだ理由を聞かなければ可能性があるのか？　お前は、俺の側《そば》にいてくれるのか？

だが、最初は我慢《がまん》できても、結局は聞かずにはいられないだろう。この世界から自ら命を絶って消えてしまったことは、目を逸《そ》らすには重大すぎることだ。たとえ側にいることが叶ったとしても、また彼女が自ら命を絶たないかと恐《おそ》れるだろう。

「二百年前は聞けなかったが、今は睡蓮がいる。なら本人に聞けばいい」

知るしかない。聞かない道はない。紫苑の冷静さを取り戻した言葉と表情に、宗流はいつものように、へらりとした笑みを浮かべる。

「そうですねぇ。聞く時間はたっぷりありますよ」

「本気で言っているのか？」

呆《あき》れた目で、紫苑は宗流を見やった。

「これからも時間はある。そう思っていた結果が二百年前だぞ」

そんなに悠長《ゆうちょう》にするつもりはない。

「だが同じように直接聞いても、睡蓮は答えないばかりか俺から逃《に》げる可能性が高い」

「なぜです？」

「さっき逃げられそうになったから、ここに連れて来た」

「なるほど」と言いながら、宗流は紫苑の行動の強引《ごういん》さに笑顔《えがお》を引きつらせていた。紫苑は気にせず、真剣な面持《おもも》ちで睡蓮のことを考えていた。言えないのか、言いたくないのか、そこが重要だ。

「周辺情報から無難に聞き出すか」

「本音は」

「蛍火が、俺の知らない睡蓮の空白の時間を知っているのなら、腹が立つ。自害の理由は知りたいが、逃げられるくらい警戒《けいかい》されているのなら、まずはその警戒を取り除きたい」

逃げられそうになったことも初めてなら、強張《こわば》った顔も初めて見た。思えば、かつては睡蓮の笑顔ばかり見ていた気がする。次に多いのは真剣な顔だが、不安や恐れなどの表情は見たことがなかった。紫苑自身が動揺《どうよう》していたとはいえ、あんな顔をさせるつもりはなかった。

『あなたが見ていたものは、全部王としての睡蓮よ！』

好きだと言った紫苑に対して、睡蓮はそう言った。激しい拒絶《きょぜつ》に心臓が痛くなった。

あのとき「そんなことはない」と言えなかった自分に腹が立つ。だが……今同じことを言われたとして、自分は即答《そくとう》する資格を持つのかと思った。彼女を想《おも》う気持ちに嘘偽《うそいつわ》りはないが、睡蓮の重要な部分を知らなかったから、二百年前に「何か」に気づけなかったのではないか？

もしも何かを見落としていたせいで睡蓮の死を止められなかったというのなら、今度は何も取り零《こぼ》したくない。知らないことの怖《こわ》さは二百年前に身に染《し》みた、もう十分だ。

――俺が見ていたお前が全《すべ》て王としてのお前だったと言うのなら、教えてくれ。王ではないお前のことを。

もうこの場にはいない彼女に、紫苑は心の中で懇願《こんがん》した。表情が翳《かげ》った紫苑に、気がかりそうに宗流が伺《うかが》う。

「大丈夫《だいじょうぶ》ですか」

「大丈夫なわけないだろ。大丈夫だったら、もっと余裕《よゆう》がある」

心に余裕はない。本当は、あんな顔さえさせないなら、睡蓮を今すぐ追ってこの手から離《はな》したくない。離れたくない。目の届くところにいてほしい。もう、失いたくはない。

かつて、互《たが》いの立場上引き留めることができず失った存在に、手が届いたなら、二度と離せるはずがないだろう。

「愛してる」

この二百年、伝えなかったことを後悔《こうかい》し続けていた言葉を、紫苑は呟《つぶや》いた。

三章

翌日、わたしは雪那の部屋までの道を、紫苑とうっかり出くわさないようにさりげなく周りを確認《かくにん》しながら慎重《しんちょう》に歩いていた。さすがに他国の王の居住区画を自由に歩き回ることはないだろうと思うけれど、気を付けるに越《こ》したことはない。

部屋には、すでに着替《きが》えを済ませた雪那がいた。いつものように挨拶《あいさつ》すると、さすがに慣れてきた雪那が「おはよう、花鈴」と挨拶を返す。弟は誰《だれ》に対しても律儀《りちぎ》に名前を呼んで挨拶するので、そういった些細《ささい》なところで女官達には案外評判がいい。

「おはようございます、陛下」

雪那が隣《となり》の部屋に入ると、机いっぱいに朝食が並べられていた。席につく雪那の右手の壁際《かべぎわ》にわたしは立つ。先日の毒味役死亡の一件以来、雪那の周りで異常は起きていないが、いつまた何が起こるか分からないので、注意深く周囲を観察する。

今朝、わたしは予定していた通り、雪那の毒味役死亡の件で投獄《とうごく》されている者に会いに行った。投獄されているのは、毒が入っていた料理を作った料理人、厨房《ちゅうぼう》から女官の手に料理を引き渡《わた》した者、そして毒味役のいる部屋まで料理を運んだ女官の三人だ。しかし事前に聞いていた通り、全員無罪を主張し、毒がどこで混入されたかは分からないと言う。

またも有力な情報はなし。次はどこから調べていくか……と思案していたそのとき。

小さく息を吐《は》く音が聞こえたと思ったら、まだ少ししか食べていないというのに、雪那が食事の手を止めていた。雪那は決して大食いではないが、人並みの量はいつも食べる。

顔色は悪くないように見えるけれど、体調が悪いのだろうか。

「もういいの？」

そっと尋《たず》ねると、雪那は「うん」と頷《うなず》いた。

「体調が優《すぐ》れない？」

わたしが心配そうに窺《うかが》っているのを見て、雪那は微笑《びしょう》してみせる。

「少し、昨日の疲《つか》れが残っているみたいだ」

使者との謁見《えっけん》を全て終えるまで半日ほど要したらしい。その間中慣れないことで緊張《きんちょう》し続けていたのなら無理もない。

「午前は休んで、疲れを取ったらどう？」

一度、体調が回復してから予定を再開すればいいと言ったわたしに、雪那は小さく首を横に振《ふ》る。

「この程度なら大丈夫だよ。即位式まで時間がない。執務《しつむ》だけじゃなく勉強の時間を確保しようと思ったら、ただでさえ時間が足りないから」

そう言って、雪那は席を立った。わたしは、それ以上引き留める言葉を持たず、雪那の後から部屋を出て行く。

即位式まで二十日を切っている。即位式が近づくにつれ、雪那の焦《あせ》りが増している気がする。声をかけられるときには、急いで立派な王になろうとしなくてもいいのだと伝えて、焦りをなくそうとしても、雪那は少しでも早く一人前になれた方が良いからと言う。

これまではははらはらしながらも見守っていたが、食事に支障が出ている状態では、本当に体調を崩《くず》しかねない。

雪那の焦りが、自信のなさからくるものなのだとは分かっていた。自分に王が務まるのか分からないけれど、せめて知識だけでも、と思っていることは手に取るように分かった。

やれることからやればいいと言ったのはわたしだけれど……。

昼頃《ごろ》、雪那の許《もと》を離れ、神子の宮に戻《もど》る道をそんな風に思い悩《なや》みながら歩いていた。

「睡蓮」

よく通る低い声と呼ばれた名前に、びくりと肩《かた》が跳《は》ねた。ゆっくりと視線を上げると、神子の宮の前、昨日と同じ場所に紫苑の姿があった。服装は、昨日と同じ高官を装《よそお》ったものだ。髪《かみ》は見覚えのある漆黒《しっこく》に戻っている。

紫苑の側《そば》には神子の服を着た男がいた。こげ茶の髪に、同じ色の瞳《ひとみ》。蛍火とは異なる、緩《ゆる》い微笑《ほほえ》みを浮《う》かべている神子は、恒月国筆頭神子の宗流だ。前世でわたしが恒月国を訪《おとず》れると、いつもこの男とも顔を合わせていた。宗流は、わたしと目が合うと会釈《えしゃく》した。

昨日のことを思い出して顔が強張《こわば》りかけたところを耐《た》える。きっとまた会うだろうと分かっていて王宮に残ると決めた。遭遇《そうぐう》したら、逃《に》げない。もうばれたのだから、堂々として、答えたくないことには答えないようにすればいいだけだ。

「何か用？」

明らかに目的は自分なので、無視して神子の宮に引っ込んでしまうわけにもいかない。声をかけると、紫苑が意外そうにした。昨日の態度が態度だったからか。この国の臣下にするような笑《え》みを貼《は》りつけての対応もしにくく、気まずさは顔に出てしまっていただろう。

「少し、話いいか」

「……昨日聞かれたことには答えないけど」

「昨日のことは、悪かった。言いたくないのであれば無理に答えなくていい。俺も、睡蓮に嫌《きら》われたいわけじゃない」

睡蓮、とまた呼ばれてわたしは思わず周りを確認した。ここで話すと、他《ほか》の神子に見られてしまうかもしれない。こっちに来て、と紫苑と宗流を促《うなが》して人の来ない場所に移動する。

「お願いがあるんだけど」

「何だ」

「わたしのこと、睡蓮って呼ばないで。今、わたし、偽名《ぎめい》じゃなくて本当に花鈴っていう名前なの」

雪那に聞かれても他の神子たちに聞かれてもややこしいので、真剣《しんけん》に頼《たの》む。

「花鈴……」

紫苑は名前を呟いた。わたしから言っておきながら、紫苑にそう呼ばれるのは変な心地《ここち》がした。蛍火に呼ばれたってそんなことはなかったのに。

「花鈴な。分かった、そう呼ぶ。その代わりに俺からも頼みがある」

わたしは反射的に身構え、注意深く紫苑を見上げる。

「花鈴と一緒《いっしょ》に過ごす時間が欲しい」

警戒《けいかい》は一瞬《いっしゅん》で吹《ふ》き飛んだ。拍子抜《ひょうしぬ》けの頼みだったのだ。思わず、「今、何て？」と聞き返しかけた。

「……どうして？」

代わりに、理由を問う。

「今のお前のことが知りたい。睡蓮ではなく、花鈴について」

「知ってどうするの？」

「知りたいだけだ。警戒してくれるな。もう一度言うが、俺は警戒されたくないし、嫌われたいわけでもないし、昨日みたいな顔はもうさせたくない」

ではない。真面目《まじめ》な様子で言われ、わたしは黙《だま》り込む。交換《こうかん》条件がこれなら、予想より困ること

好きだと言われた記憶《きおく》が蘇《よみがえ》り、思わず赤面しそうになるのをぐっと堪《こら》える。あれは王としての姿を好んでいるだけだ。紫苑が分かっていなかろうと、勘違《かんちが》いしてはいけないと自分に言い聞かせる。

いずれにせよ秘密を抱《かか》え、拒絶《きょぜつ》せざるを得ない以上、昨日のわたしの言葉に傷ついた表情をした紫苑を思う度《たび》に苦しい心地はつきまとうだろう。だって本当は紫苑は悪くないのだから。

「交換条件に釣《つ》り合わないか？」

俯《うつむ》いて考え込むわたしに、紫苑が覗《のぞ》き込むようにして聞いてくる。視界で、紫苑の黒い髪が揺《ゆ》れる。

「要望がおありなら、しておくべきですよ。昨日のお詫《わ》びとか」

「宗流、黙れ」

軽口を叩《たた》く宗流に紫苑が辛辣《しんらつ》に返し、宗流がやれやれと肩をすくめる。懐《なつ》かしい調子のやり取りだ。宗流は、蛍火と比べると態度も敬語もくだけており、最低限の敬意は払いながらもやはり軽い。紫苑もまた宗流の態度を改めさせようとはしないのだから、気の置けない関係なのが窺える。これがわたしと蛍火なら、にこやかな口喧嘩《くちげんか》が始まっているとこ

ろだ。

それはそうと、紫苑の言葉に「そんなことはない」と返そうとして、わたしは一度口を閉《と》ざした。

元はと言えば、秘密を抱えるわたしの方に問題があるので、不釣り合いだとは思わないけれど……。

さっきまで悩んでいた雪那の様子が思い浮かぶ。これは、良い機会ではないだろうか？罪悪感を感じているらしい紫苑の気持ちを利用するようで申し訳ないが、この機を逃《のが》す手はない。

「それが紫苑の交換条件なら呑《の》むわ。――でも、一つ条件を加えていいなら、聞きたいんだけど」

ずい、と思わず身を乗り出して下から真っ直《す》ぐ見上げると、紫苑は心なしか驚《おどろ》いたような顔をした。

「ねえ、王だってばれたなら、王として今回西燕国王と会う予定ってある？」

問いに、恒月国主従は揃《そろ》って首を傾《かし》げた。

二日後、午後になるやいなや雪那はそわそわとして落ち着かなかった。

今回ただ一人来ている王である紫苑と、雪那の交流の機会が設けられることになった。紫苑からの申し出を受け、雪那が茶会に招いた形だ。

場所は、庭に面した露台《ろだい》が選ばれた。空は快晴とはいかないが、薄《うす》い雲越《ご》しに太陽の光を微《かす》かに感じ、上品に咲《さ》き乱れる白い花の香《かお》りが、そよ風に運ばれてくる。

現在露台には、雪那とわたしの他に、瑠黎と文官が数名と、西燕国側の人間のみがいた。

「緊張《きんちょう》してる？」

露台に置かれた白い机の側で、紫苑を待つ雪那にこっそり声をかけると、雪那は小さく頷《うなず》いた。

「どうして、恒月国王は急にいらっしゃったんだろう」

前例のない王の来訪に戸惑《とまど》っていたところを、一対一で会うことになり緊張だけでなく不安な様子も見て取れる。

「せっかく本人と会うことだし、聞いてみたら？」

「そんなこと聞けないよ」

雪那はとんでもないと、小刻みに首を横に振《ふ》る。

「そんなこと聞くには怖《こわ》そうな人に見える？」

雪那は威圧感《いあっかん》のある大人が苦手だ。小さな頃は村で怒鳴《どな》り散らす役人を見て、わたしの後ろに隠《かく》れて震《ふる》えていた。今はそこまでではないと思うけれど、苦手意識は残っているはずだ。臣下達に強気に出られないのは、その点も影響《えいきょう》していると思っていた。

「……少し」

雪那はごく小さな声で本音を零《こぼ》した。

「近寄り難《がた》い気がするんだ。雰囲気《ふんいき》もだけど、あの方はもう六百年も治世を築く偉大《いだい》な王だよ。何か失礼をしてしまわないか心配だし、……会ったって、僕なんかが話せることなんてないのに」

現在最も高名な王と、対等に話をできるはずがないと萎縮《いしゅく》しているらしい。再会したときと同じ状態に一時的に逆戻《ぎゃくもど》りしているように見えたが、わたしは今は悲観しなかった。

「雪那」

こちらを見た弟に、何も心配ないと微笑《ほほえ》みを向けた。

「大丈夫《だいじょうぶ》」

雪那は失礼なことをするような性格ではないし、悪気がなければ紫苑は怒《おこ》るような性格じゃない。初対面の相手でも話に耳を傾《かたむ》けて、真正面から向き合うような人だから、緊張せずに、思うことを話し聞いてみればいい。

そういう思いを込めて、優《やさ》しく背を叩いた。少しだけ頑張《がんば》れ、雪那。雪那の紫苑への懸《け》念《ねん》は、きっと紫苑が溶《と》かしてくれる。

「恒月国王様がいらっしゃいました」

そっと近づいてきた者が雪那に告げたので、わたしは壁際《かべぎわ》に瑠黎と並んで立った。

ほどなくして現れた紫苑は、初日の一官吏《かんり》の服ではなく、華美《かび》を好まない性格ゆえか装《そう》飾《しょく》は少ないがひと目で上等と分かる立派な装《よそお》いをしていた。堂々と歩いてくる姿はこの場にいる誰《だれ》よりも目を引いた。

「西燕国王、この度《たび》はこのような場を設けていただいたこと感謝する」

「いえ、私の方こそ、恒月国王とお話しできる機会をいただけて嬉《うれ》しく思います」

紫苑と雪那が並ぶと、背丈《せたけ》と体格差から、雪那がいつもより華奢《きゃしゃ》に見える。雪那の背はわたしより少し高いくらいで、体の線が細い。一方、紫苑は雪那が見上げるほどに背が高く、まだ護身用と言って武術を嗜《たしな》んでいるのか体つきも逞《たくま》しい。

目の前に立つ紫苑に臆《おく》して、たどたどしい口調になりかけた雪那だが、途中《とちゅう》からはすらすらと挨拶《あいさつ》できたことに、わたしはひとまずほっとする。

紫苑と雪那が席につく傍《かたわ》ら、二人の邪魔《じゃま》にならないよう控《ひか》えるべく宗流がわたしの側《そば》へとやって来た。

「お久しぶりです」

隣《となり》に立った宗流が囁《ささや》き程度の小さな声で話しかけてきたので横目で見上げると、宗流は目礼した。

「先日は、うちの王のせい——おっと、紫苑様ばかりお話しされて、まともにご挨拶ができませんでしたから」

　ふっ、とわたしは笑ってしまいそうになった。飾《かざ》り気がなく、飄々《ひょうひょう》とした物言いは、紫苑への遠慮《えんりょ》のなさがにじみ出ている。

「相変わらずね、宗流」

「睡蓮様もお変わりないようで」

　わたしの様子を窺《うかが》うようにして、宗流は言う。その目は、興味津々《きょうみしんしん》なものだった。

　わたしは「花鈴」と名前を一言だけ告げ、睡蓮と呼ぶなという意味を込めてにっこりと宗流に微笑んだ。紫苑とのやり取りは宗流も聞いていただろう。

　わたしの微笑みを見て、宗流は「うわあ」と呟《つぶや》いた。

「……その笑い方、蛍火様の真似《まね》ですか？　それとも、千年一緒《いっしょ》にいれば似てくるんですかね。私、苦手なんですよ」

「へえ、苦手なのね。蛍火に教えようかな」

「あっ、止《や》めて下さい。すみませんでした、呼び方ですね、気をつけます」

　軽い脅《おど》しに宗流は素早《すばや》く謝り、真剣《しんけん》な顔で約束した。調子がいいというか、摑《つか》みどころがないというか。まったく……と思いながら、呟く。

「見た目には変わっていないように見えるでしょうけど、あの頃とはもう違うわ」

宗流が片方の眉《まゆ》を上げ、それならばと言う。

「紫苑様もそうですよ。見た目には変わったようには見えないでしょうが、あなたが亡《な》くなったという大きな出来事があって変わったところがあります。先日、私はその場にはいませんでしたが、紫苑様のあの様子ではその片鱗《へんりん》くらいはご覧になったのでは？」

軽い調子のない、静かな声音《こわね》だった。

「それもまた、紫苑様です。あの人は、あなたに関して知らないことがあるとか仰《おっしゃ》っていますが、あなたもそうだと思いますよ。……どうか逃《に》げずに紫苑様と向き合っていただけませんか？」

宗流はそれだけ言って、前に視線を戻した。

わたしは、宗流の言葉に少し動揺《どうよう》していた。再会した時の紫苑の様子が脳裏《のうり》に蘇《よみがえ》る。紫苑は変わっていないとあのとき確かに思ったが、見たことのない顔もたくさん見た。切なげな表情を思い出し、こみ上げる何かを持て余しながら、目を前に向けた。

お茶を飲みながらもそわそわして、なかなか話し出せない雪那に、ふと紫苑が景色を懐《なつ》かしむ様子で言う。

「俺がこの国の王宮を訪《おとず》れるのは二百年振《ぶ》りだが、相変わらず見事な庭だ。どの庭も変わらず見事なんだろうな」

「私はあまり外に出ないので全《すべ》ては見たことがないのですが、初めて見たとき、こんなに綺麗《きれい》な景色があるのかと驚きました」

「俺も思ったよ。この国は、農作物だけでなく植物全般《ぜんぱん》の扱《あつか》いに長《た》けているからな。もちろん俺の国にも花は咲いているが、段違《だんちが》いに綺麗だった」

ゆったりと座る紫苑と、向かいで背筋を伸《の》ばして座る雪那。口元を緩《ゆる》め、落ち着いた声音で話す紫苑に対して、雪那は微笑む余裕《よゆう》もなく固まっている。声から緊張を感じるが、会話は途切《とぎ》れず、思ったよりも話せている。紫苑が相手なので安心して見ていられる。

「あまり外に出ないなら、王宮内に畑があることは知らないか？」

「えっ、王宮にですか？」

「ああ、まだあるかは分からないが。この国の先々代王が自分用に作ったとか」

雪那の後方から様子を見守っていたら、今その席に座る紫苑に、自らの記憶《きおく》が重なる。

あの頃も紫苑が今と同じ席に座り、雪那が座っている席にわたしが座っていた。庭の方を見て、咲いている花の一つが新種で気に入っているのだと自慢《じまん》したり、庭を横目に盤上遊戯《ばんじょうゆうぎ》をしたり、ただ他愛《たわい》もない話をしたり。

ああ、そうだ。この場所でよく紫苑と過ごした。思えば、神子の宮に繋《つな》がるあの廊下《ろうか》でだって会ったことがあるし、恒月国用の滞在《たいざい》宮にもよく行っていた。

王宮には、どこにもそんな記憶がある。千年間も過ごした場所だ。そのうちの数百年には紫苑の姿があった。瞼《まぶた》の裏に映った記憶は一度瞬《まばた》きをすれば消え、現実だけが映る。

紫苑と言葉を交《か》わす度に、雪那の肩《かた》の力が抜《ぬ》けていくのが分かった。紫苑は、雪那が緊張していると見てあえて場が和《なご》むような話題を出してくれていたのかもしれない、と気づいてわたしは微笑んだ。ほら、やっぱり大丈夫。

「あの、恒月国王は、なぜ、王としてではなく使者としていらっしゃったのですか」

雪那の口から、事前に用意していたものとは違う質問が零れる。ずっと心の中で疑問に思っていたのだろう。だがわたしには聞かずともその答えが分かるような気がした。

紫苑は、この場で初めての雪那からの話題に、わずかに笑《え》みを深くした。

「即位《そくい》式《しき》に王が来るとなると、迎《むか》え入れる側の負担が増えるからな。使者として約束を取りつけてから、今度は気楽な場で改めて王として会おうと思っていた」

聞き覚えのある理由だ、と思っていたら、紫苑が白状する。

「と言っても、これはこの国の先々代王の真似だがな。俺の即位式の際、彼女が使った方法だ」

今から六百年前の出来事になるのか。恒月国王の即位式を訪れたわたしは、何食わぬ顔で西燕国の一使者として王からの支援《しえん》の申し出を紫苑に伝え、後日、今度は王として紫苑と対面した。そのとき、紫苑は使者の代表として来ていた女が王だと初めて知ったのだ。

まさかわたし以外にそんなことをする王がいるとは思わず、先日は動揺してしまった。

でも、今回の紫苑は詰《つ》めが甘いなぁと微《かす》かに笑ってしまう。

「彼女は使者の代表として来ていてな。今回俺は念のため変装もしていたし、まさか見つかるとは思っていなかったんだが、西燕国の今代の筆頭神子は目ざといな」

軽い調子で言って笑いながら、紫苑が瑠黎を見たので、瑠黎が一礼する。

「まあ、今思えば先々代の西燕国王は俺が王になるずっと以前から恒月国と関《かか》わりがあったようだから、あれだけ堂々と来ていた以上、自分を知っている神子や臣下に前もって言わないように根回ししていたんだろうな」

紫苑がちらりとこちらを見て、わたしと目が合うと、苦笑《くしょう》した。

その通り、前世のわたしは他《ほか》の使者に紛《まぎ》れる細工の代わりに、別の細工をしていた。通常、王が倒《たお》れると次の王は五年と経《た》たずに選ばれる。前の時代に交流があれば、臣下の中にもわたしの顔を知っている者がいることが多かった。その全てに根回ししていたのだ。

「どの国にも同じようなことをしていらっしゃるのですか？」

「いいや。この国だけだ」

「この国だけ……？　なぜですか？」

この国だけという返答に、雪那は不思議そうに首を傾《かし》げた。

「先々代の王には世話になったからな。即位してから三十年くらいは大きな支援をしてもらっていた。いくつかの国への橋渡《はしわた》しをしてもらったこともある。言わば恩返しのようなものだ。先代のときは普《ふ》通《つう》に使者を送って後日会おうと思ったんだが、会えなくてな。知

って の通り、国交も断《た》たれた」

瞬時《しゅんじ》に臣下たちに緊張《きんちょう》が走るのが分かった。ちらっと見てみると、冷や汗《あせ》をかいている。

国交断絶は、西燕国の先代王の政策による一方的なものだ。

雪那もぎくりと体を硬《かた》くしたようだが、紫苑の語り口がさらっとしたもので、すかさず次のように言ったのでそれ以上にはならなかった。

「先代の時代のことは先代の時代のことだ。王が変われば国は変わる。前の時代で国交が断たれて、次の時代で回復するなんていう話はざらにある」

遺恨《いこん》があるなら来ていないと笑い飛ばし、雪那がほっと肩の力を抜き、西燕国の臣下たちも安堵《あんど》の息を吐《つ》いた。

「先代が会わなかった理由はその後行う政策の案がすでに頭にあったからなのか、別の理由からなのかは分からない。俺は、先代の西燕国王がどのような考えを持った王だったのか結局知らないままだったからな。だから今度は自分の目で見に来た」

紫苑の話を聞いて、わたしの真似をした理由が腑《ふ》に落ちた。紫苑は、この国を気にかけてくれていたのだ。ただ、恩返しされるほどのことを紫苑にした自覚はなく、嬉《うれ》しいような気恥《きは》ずかしいような心地《ここち》がする。

「先々代王――千年王の頃《ころ》の、恩」

千年王に複雑な感情を抱《いだ》いている雪那は紫苑の言葉に何か思うところがあったのか、わずかに視線を落とす。

雪那、顔を上げて。わたしは心の中で念じる。すると、わたしの思いが届いたわけではないだろうが、雪那は元の通り視線を上げ、躊躇《ためら》いながらも今度こそ口を開いた。

「恩返しされるに値する王に……私は見えないのではないでしょうか」

雪那の自らを卑下《ひげ》する言葉に、紫苑が理由を問うように首を傾げる。

「政策に失敗し、数年の治世に終わった先代王がどのような人であったか、私は知りません。でも、少なくとも一つの政策を実行に移した先代王と異なり、私は自分の発言が国を左右すると思うと怖《こわ》いと思ってしまいます。自分の考えに自信がないんです……」

情けない自分の姿を恥じるように声が尻《しり》すぼみになる雪那に、紫苑はふっと笑った。笑われた雪那はあまりの情けなさに呆《あき》れられたと思ったのか、顔を曇《くも》らせた。しかし、そんな懸念《けねん》こそ杞憂《きゆう》であるとばかりに、紫苑が言う。

「何も王に選ばれたばかりの人間に、一人前の王の姿を見ようとは思っていない。俺は自分の考え一つで国を左右することを怖いと思ったことはないが。そんな覚悟《かくご》は王になる前からあったからな。だが、それは環境《かんきょう》によるものだ。だからと言って、最初から何もかもが上手《うま》くやれていたわけじゃない。失敗したことだって何度もある」

失敗、という発言に、雪那は目を丸くした。他国に評判が轟《とどろ》く恒月国王の人物像とは、どこかちぐはぐに聞こえたのかもしれない。

「お前が自分の考えに自信がないのはどうしてだ？　知識がないから、分からないことがあるからというだけじゃないのか。農民出身だと聞いているが」

「確かに知識がないから、というのが一番の理由なのかもしれません。私はまだ知らないことが多すぎて、自分の発言や判断が正しいのかいつも不安なんです……」

あの、と雪那が躊躇いがちに、けれど勇気を振《ふ》り絞《しぼ》って話しかける。

「……他の国の王様に、聞いてもいいことか分からないのですが」

「構わない。俺も先々代に分からないことは聞きまくっていたからな。とりあえず言ってみればいい」

紫苑の言葉に背中を押され、雪那は決心したように口を開く。

「恒月国王は、元は商人だったとお聞きしました」

「随分《ずいぶん》久しぶりに言われたな、珍《めずら》しい。俺が王になる前は何をしていたのか知るのは――もう神子くらいだからな」

紫色《むらさきいろ》の目が、一瞬だけわたしを見た。

はい、雪那に言ったのはわたしです。一瞬の視線に微笑《ほほえ》みだけ向けておく。

「ね――はい、神子に聞きました」

雪那が、うっかり姉さんと呼びそうになりながら、大きく頷《うなず》き、認める。勢いのまま聞いてしまえという様子で、彼は問いを重ねる。

「商家出身から王になったことで、苦労したことはあったのでしょうか？」

未《いま》だかつて、現在の恒月国王にそんな質問をした者はいないのではないだろうか。不躾《ぶしつけ》な質問だと思ったのかもしれない、近くにいた西燕国側の臣下が顔色を変えるのが分かった。確かに、苦労したことは未熟だった面を聞くようなもので、相手の気分を害する可能性はある。紫苑においては無用な心配だが。

思った通り、紫苑は微塵《みじん》も気分を害した様子はなく、答える。

「知識面だな。何しろ商人は商売をするものだ。国の役人相手に商売をする商人がいたとしても、政治はしない。商会の運営の仕方は知っていても、国の運営の仕方は知らなかった。国を作っていく知識が全く足りなかった」

雪那の様子から、紫苑も雪那の抱《かか》えている悩《なや》み、今の西燕国が抱えている問題に気がついたようだ。

「臣下との折り合いも悪かった。——俺が即位した経緯《けいい》を知っているか？」

「いいえ、ただ……恒月国史上最悪の状態から国を立て直したとだけ聞いたことがあります」

「史上最悪か、間違《まち》いないな。あれ以上があるのなら、気の毒じゃ済まない。今後そんな国を作る王が出てくるなら、他国だとしても俺のできる限りのことをして王を辞《や》めさせてやるところだ」

言葉の間の数秒、紫の瞳《ひとみ》に、六百年以上前、彼が即位《そくい》当初にしていた目つきが戻《もど》った。荒《すさ》み、ぎらついた目だ。雪那が見れば怯《ひる》みそうな物騒《ぶっそう》な目つきに、幸い雪那は気がつかなかった。

「恒月国の先代王は、史上最悪だと言われた王だった。私利私欲に満ちた悪政の結果、国の全土を巻き込む内乱が起き、民《たみ》は疲弊《ひへい》していた。俺は、そんな王を討《う》った反乱軍から選ばれた王だった。商家出身ということを差し引いても、当時の王宮には俺を認めない者が多かった」

「それでは、どうなさったのですか？　自分の発言や考え方に自信が持てなかったりはしませんでしたか？」

「知識や根拠《こんきょ》がないのに自信を持つのは俺にも難しい。ただ自信が持てなくても、自分の考えをしっかり持っておくことは大事だ。考え方や発言が間違っていれば、臣下が指摘《してき》してくるだけだ。隙《すき》を突《つ》こうと嘘《うそ》の指摘をして誘導《ゆうどう》しようとする者もいたが、俺は元商人だからな。政《まつりごと》の知識は足りなくとも、偽《いつわ》りを見抜《みぬ》く直感には自信があった。指摘されたことが正しければ、自分の考えに取り込めばいい。偽りを吹《ふ》き込もうとする奴《やつ》は、逆にしばらくの間利用してやればいい。永遠に無知でいようとしているわけじゃないんだ」

まさに現在、臣下への対応に苦慮《くりょ》している雪那は、紫苑を一心に見つめて聞き入っていた。

「恒月国王は、王になったとき、どんな考えを持っていらっしゃったのですか？」

　わたしが以前雪那にした質問だ。何を思い、頭にどんな国を描《えが》いていれば、即位当初の逆境に立ち向かい、六百年も治世を続けられるのか。目の前にいる王のことをもっと知りたいと思ったのかもしれない。

　紫苑は、即答しなかった。遠い過去を思い出すような眼差《まなざ》しをして、静かな声音《こわね》で一言呟《つぶや》くように言う。

「民に元通りの――いや、それ以上の暮らしを送ることができる国を」

　その言葉を聞いたわたしは、紫苑に出会った頃に思いを馳《は》せた。

　紫苑が先ほど雪那に語った話だけでも、現在の西燕国と比べるとあまりに悲惨《ひさん》なものだが、実際はもっと悲惨だった。

　悪政とは、他国侵略《しんりゃく》の計画だった。王の計画に疑問を持った臣下により、早い段階で計画は漏《も》れ、王を討つべく反乱軍ができ、王は反乱軍を殲滅《せんめつ》し黙《だま》らせる道を選んだ。そうして始まった戦いで、多くの血が流れ、人が死んだ。

　戦いが終わったとき、恒月国には何一つ残っていなかった。民は家を失い、家族を失い、土地は荒《あ》れ、畑には水の代わりに血が染《し》み込むような有様だった。何も失わなかった者はいなかっただろうと、当時、紫苑は言った。

　紫苑も自分以外のものを失っていた。家族を国の兵士に殺され、反乱軍として戦った先に、彼の手には何も残ってはいなかった。

あのとき、恒月国は完全に壊《こわ》れていた。

死に際《ぎわ》、先代の恒月国王はこう言っていたという。『国土を広げ、豊かな国を従えればこの国は豊かになるというのに、なぜ分からない！』と。そうして先代王が死に、紫苑が王に選ばれた。そして、国の復興にすらまだ手がつけられない中で行われた簡素な即位式で、内乱の名残《なごり》が見える荒んだ目をした紫苑に出会ったのだ。

あの頃《ころ》のように荒んではいないが、当時の壊れた国を立て直そうという強い意志を思わせる目で、紫苑は言う。

「俺は絶対に二度と恒月国の民に地獄《じごく》を見せない。この国に生まれなければ良かったとは思わせない。他国を羨《うらや》ましがらせない国を、この国に生まれて良かったと思える国を作る」

口元に笑《え》みはなかった。真剣《しんけん》な表情と声で、雪那からの質問に答えた。

「そのために俺は挑戦《ちょうせん》し続け、今も国は変化し続ける」

より良い国にするために。

国を想《おも》う強い気持ちが宿った目を久しぶりに目の当《ま》たりにして、わたしは思わず目を細めた。

相変わらず眩《まぶ》しくて、羨ましいほど前を、先を見ている。わたしからしてみれば、紫苑はまさに理想の王の姿だった。自分の時代が終わった後に伝説のように語られるのではなく、現実にいる最高の王だ。

紫苑の強すぎる意志は、人を惹《ひ》きつけてやまない。真正面でその全《すべ》てを受けた雪那は、堂々とした様子に目を奪《うば》われ息を呑《の》んだ。

「――僕も、そのようになれるでしょうか。僕には、まだ王というものが分かりません。今の僕のままでいいとは思えないのですが、どうあるべきか分かりません……。恒月国王のように……千年王のようになれれば、この国の民は安心するかもしれないのに」

雪那は自信なさそうに言う。このままの自分の考えでいいのか、望まれるような王になるべきではないのか、迷いを拭《ぬぐ》えない雪那の心の声が聞こえてくるようだった。

「ならなくていいだろう」

雪那の言葉を紫苑はあっさりと一蹴《いっしゅう》した。

「俺の国とこの国は違う。同じ国でさえ時代が違えば国の様子は違う。誰《だれ》かを目指すのではなく、目指すなら今のこの国に相応《ふさわ》しい王を目指すべきだ」

「今の国に相応しい王……」

紫苑の思いがけない言葉に、心なしか、雪那の瞳から曇《くも》りが晴れる。自分の考えを持ってもいいと、自分の考えに自信を持つべきだと背中を押すような言葉だったからだろうか。先ほどまでの探《さぐ》り探り紫苑を見ていた目はどこにもなかった。

そんな雪那の様子に、わたしは微笑む。

わたしが伝えたかったことを、全部紫苑が言ってくれた。そもそもわたしが同じことを言ったとしても、雪那にあれほど説得力を感じさせられなかったに違いない。自国の民を思い続け、民が幸福であるために現状では満足せず、模索《もさく》し続ける。王とはこうあるべきなのだろうと思っても、彼ほど実現し続けられる王はいないだろう。

「西燕国王、今この国をどういう国にしたいと思っている？」

紫苑が、雪那に同じ質問を返した。雪那がこの先どんな王になるのか、見極《みきわ》めるかのように紫苑は静かな目を雪那に向けた。六百年、王位につき続ける者特有の威圧感《いあっかん》が雪那に向けられる。

わたしは、自分が問われたわけでもないのに体を強張《こわば》らせた。

問われた本人である雪那は、圧倒された表情をすっと消した。一呼吸置いて、答える。

「身分によって、誰も理不尽《りふじん》な目に遭《あ》わない国に」

僕の故郷では、と雪那が話す。

「役人が権力を振《ふ》りかざして人々を理不尽に苦しめていました。相手より立場が上だからといって、横暴は許されません。法では誰もが平等の権利を得られるはずなのに、実際には身分の低い者は高い者に逆らうことができず、今は制度が名ばかりのものになっています。身分や職業上の権利はあっても、誰かを虐《しいた》げる権利はないはずです。そんな思いをす

る人をなくしたいと思っています」

雪那の声は、凛《りん》と響《ひび》いた。目の前の王が真摯《しんし》に話してくれたからこそ、自分も王としてしっかりと考えを話すべきだと思ったのか。自信を持ってもいいと思ったのか。どちらかは分からないけれど、図書室の忘れ去られた部屋で耳にした、消え入りそうな声はどこにもなかった。

紫苑は笑みを浮《う》かべ、「その国になる様を見ていよう」と言った。


紫苑と雪那の茶会のあと、わたしは恒月国用の滞在宮《たいざいきゅう》を訪《おとず》れた。紫苑と交《か》わした、一緒《いっしょ》に過ごす約束を叶《かな》えるためだったが、わたしには言いたいことがあった。

「ありがとう」

「どうして花鈴が礼を言う」

机を挟《はさ》んで向かいに座る紫苑が、心底不思議そうに首を傾《かし》げる。

「確かに日程は調整したが、元々会う気だったって言っただろ？」

お礼を言いたいのは紫苑の話してくれた中身についてだ。隠《かく》しておく理由も特に思い浮かばなかったため、わたしは一つの事実を紫苑に明かす。

「新王は、わたしの弟だから」

茶杯《ちゃはい》を口に運んでいた紫苑の手が止まる。わずかに驚《おどろ》いた表情をし、数秒の沈黙《ちんもく》のあと、紫苑は茶杯を置いた。

「目の色が似ていると思ったが、……なるほど、今世での弟か」

人間の寿命《じゅみょう》を超《こ》え生きる王の家族は、どうあっても先に死んでしまう。前世のわたしの家族も当然、全員治世の初期で死んでしまった。紫苑は改めてわたしが生まれ変わったことを実感したようだ。その口が「もしかして」と呟く。

「この国で神子をしている理由と関係あるのか」

「まあね。他《ほか》の神子に聞かせられることじゃないんだけど……」

宗流は部屋の外で見張りをしているため、今は紫苑と二人きりだ。扉《とびら》の方を見て、わたしは歯切れ悪く言った。偽《にせ》の神子をしているだなんて紫苑に知られたら呆《あき》れられそうだ。

「家族は、大事だからな」

しかし紫苑はそう言っただけだった。即位《そくい》する前に失った家族を想うような表情だった。どれほど家族が大切でも、死んでしまえば何もしてやれない。彼ほどそう思っている人はいないのかもしれない。

「……雪那に立派な王になってほしいと思ってるから、紫苑がこの国と新しい王を気にかけてくれていたことが嬉《うれ》しかったの。ありがとう」

「だから、どうして礼を言う？」

もう一度改めてお礼を言うと、紫苑は意外そうに、同じ言葉を繰《く》り返した。

どうして、と言われても、言葉通りの意味なのだけれど。わたしこそ聞き返される意味が分からず、首を傾げる。

「俺は昔睡蓮から受けた恩を返しているだけだ」

「わたしは、そこまで大したことはしていないわ。紫苑がしてきたことは、全部紫苑の手腕《しゅわん》によるものよ」

「俺にとっては、お前が必要だった。特に、即位当初お前がいなければ、もっと復興に時間がかかっていた」

紫苑はふっと優《やさ》しく笑った。

「お前にとっては困っている人に手を差し伸《の》べるような、なんてことはないことだったのかもしれない。だがそれでも俺にとっては大恩だ。かつてお前は、史上最悪に荒《あ》れ何の見返りも得られない国に支援《しえん》を申し出た。そうできることがどんなに難しいか俺には分かる。そして何より、俺に道を示してくれた。お前の弟に俺が言ったのは、お前が言ってくれたことだぞ。気がつかなかったか？」

わたしには心当たりがなく、首を横に振る。

紫苑は「内乱からの復興がまだまだだった頃の話だ」と前置きし、懐《なつ》かしむように茶杯の水面を見つめた。

「俺はあの頃……いや、内乱の最中から、西燕国が心底羨ましかった。飢《う》えや戦いとは無《む》縁《えん》な国と、その国を作り長年民《たみ》に望まれ続けている王。なぜ自分の国の王はこんなにも国を荒らすのか、人々を死に追いやるような真似《まね》をするのかと恨《うら》んだ。西燕国の王が、自分の国の王であってくれたなら良かったと何度思ったか分からない。だから、お前のようになりたかった。そう言った俺に、お前が言ったんだ。『紫苑は、紫苑が思い描《えが》く国の王になればいい。あなたは恒月国に必要なことを知っていて、あってほしい王の在り方も知っているはず。それは恒月国のものであって西燕国のものとは違《ちが》う。この国の王になるべきだ』ってな」

紫苑の言葉が引き金となり、記《き》憶《おく》が波のように押し寄せる。

そうだ、そんなことがあった。自分のようになりたいと言われるとは思わなくて、驚いて、それから何と言ったかは覚えていなかった。ただ自分を目指すのは違うと思ったのは想像に難《かた》くなかった。

けれど、わたしが覚えていない言葉を紫苑が今も覚えているとは思わなかった。ましてや、道を示したと思っているなんて。

「その言葉で俺の心が軽くなって目の前が晴れたことを、その様子じゃ想像もしてなかっただろうな。俺は、睡蓮のような王にはならなかったが、その姿に憧《あこが》れたことは事実だ。

俺は実際に訪れたお前の国が好きだったよ」

紫苑が大切なものを語るように話したその言葉に、急に泣きそうな心地《ここち》に襲《おそ》われる。国が好きだと、言われたことがあっただろうか。

今、この国に生きている民は全員かつてのわたしの時代を知らない。過ぎた時代が今どう言われようと、わたしは前世のわたしの時代を理想だと思わない。平和で、のどかな国だと言えば聞こえはいいけれど、悪い変化がない一方で良い変化もなく、停滞《ていたい》していた時代だったからだ。

現在、まるで伝説のように語られているのは、千年という在位が珍《めずら》しいからにすぎない。でも、紫苑がそう言ってくれるということは、少なくとも無駄《むだ》ではなかったのだろうか。初めて聞いた言葉に、心が揺《ゆ》れ動く。わたしは、せめてわたしの国に必要な王であれていたのだろうか。

「だから、睡蓮がしてくれたように、背中くらいいくらでも押そう」

それが当然であるかのように紫苑は頼《たの》もしく笑い、雪那のことを請《う》け合った。

「ありがとう」

「礼はいらないって言ってるだろ。それに弟、雪那だったな。気が弱そうなところはあったが、芯《しん》はしっかりしていそうだ。俺だって、どんな王でも構わず手を貸そうと思っていたわけじゃない。即位前からあれだけ国のことを考えているんだ、心配しなくてもきっといい王に育つだろう」

「紫苑からそう見えるなら安心かな。本当ならわたしが励《はげ》ましたりしてあげられたらいいんだけど、限度があって。王じゃなくなったわたしには、もう説得力のあることは言えないから……」

どうか、雪那が思い悩《なや》んでいるようなら、その悩みを吹《ふ》き飛ばしてあげてほしい。

「王ではない、か。……まあ、弟のことは任せておけ。迷いがなくなるまで、きっちり背中を押すなり、手を引っ張るなりしてやるよ」

紫苑なら、間違いなくそうしてくれるだろう。にっと笑った紫苑に、つられてわたしは微笑《ほほえ》んだ。頼もしい姿は昔から変わっていない。

「で、本題だ」

「え？　——ああ、話逸《そ》らしてごめんね」

わたしが開口一番、雪那のことでお礼を言って話が逸れていたが、紫苑の例の「一緒に過ごす時間が欲しい」という発言から本来この場は設けられているのだ。紫苑の滞在中、三日に一度、二刻ほど会う約束になっている。

「今のお前のことが知りたい」と言われたけれど、一体、今のわたしの何を？

「少し……質問してもいいか？　答えたくない質問には答えなくてもいい」

紫苑は、言葉を選ぶように言う。

まだ少し警戒《けいかい》してしまうが、一度は了承《りょうしょう》したことだ。わたしは頷《うなず》き返した。

「花鈴として今まで、神子になるまではどんな風に過ごしていたんだ？」

身構えていた分少し拍子抜《ひょうしぬ》けして、わたしは目をぱちぱちと大きく瞬《しばた》く。確かに今のわたしのことを知りたいと言われていたが……。

「どんな風にって言われても、普《ふ》通《つう》に生活してきただけだから特に話すようなことは思いつかないんだけど」

「些細《ささい》なことでも、代わり映《ば》えしない生活のことでも、思い出せることを話してくれればいい。言っただろ、今のお前がどんな風に生きてきたのか知りたいんだ」

紫苑は真剣《しんけん》な様子で、本気で何の面白《おもしろ》みもない話を聞きたいようだった。王だった前世の睡蓮ではなく、ただの平民である花鈴の話を。

「花鈴はどこで生まれて、どう過ごしてきた？　嬉しかったことは？　楽しかった思い出は？」

紫苑がその澄《す》んだ真っ直《す》ぐな目でわたしを見つめ、言葉を待つ。

紫苑と関係なかった花鈴の人生など聞いてどうするのかと、戸惑《とまど》いはしたが、答えたくないと思っていた質問ではない。わたしのこれまでの花鈴としての人生。嬉しかったこと、楽しかったこと。十七年の人生を思い出し、ぽつりぽつりと話し始める。

小さな農村に、農民の両親の第一子として生まれ、小さな頃《ころ》から両親の手伝いをしていたこと。弟が生まれて、嬉しかったこと。前世でも弟がいたからか、当然別人だけれど、やっぱり弟は可愛《かわい》くて仕方なかった。弟は絵が得意で、高価なものではないけれど絵の道具をもらったときにとても喜んでいたこと。五年前と四年前、両親が立て続けに亡《な》くなってから、家族は弟だけ。雪那が学校に行きたいと言い出したときも応援した。雪那が学校の試験で初めて一番を取って誇《ほこ》らし気な笑顔《えがお》で報告してきたときは、わたしも誇らしかった。

「雪那は優秀《ゆうしゅう》な成績を維持《いじ》していたから、本来なら――」

「ちょっと待て」

どれくらい夢中で話していたのだろうか。もっと上の学校に推薦《すいせん》してもらえたほど賢《かしこ》い子だったのだと続けようとしていたわたしは、紫苑の制止に大人しく口を閉《と》ざし、首を傾《かし》げる。

「どうかした？」

「いや……弟の話ばかりだな」

言われてみればそうかもしれない。けれど、そうなっても仕方ない、と雪那を思い浮《う》かべて言う。

「弟は可愛いもの」

「だからって嬉《うれ》しかったことも、ほとんど弟がしたことだろ。花鈴自身のことはどうした」

「え、今の全部わたしが嬉しかったことと楽しかった話だけど」

紫苑の言っている意味が分からず、わたしは目を丸くする。そんなわたしを見て、紫苑が少し眉《まゆ》を顰《ひそ》める。

「それはそうだろうが、弟が絵の道具をもらって喜んでいて嬉しかったとか、学校で一番になったと報告してきて嬉しかったとか……」

言葉半ばで口を閉ざし、何かを考えている様子の紫苑にわたしは首を傾げる。わたしの思い出話しかしていないのだから、おかしなところなんてないだろうに一体どうしたのだろう……。

「なあ、花鈴。今幸せか？」

「幸せ？　なに、その質問」

「いいから」

わたしは唐突《とうとつ》に妙《みょう》なことを聞くと思いながら、仕方なく考える。あなたは今幸福か？なんて今の今まで聞かれたことがない。

「今は微妙《びみょう》かな。雪那が幸せに暮らしてくれるなら幸せなんだけどね」

今の雪那には、とてもではないが幸せを考える余裕《よゆう》などないだろう。雪那を取り巻く状《じょう》況《きょう》を早くなんとかしなければ、安心もできない。あの子が幸せでない今、わたしも幸せではない。

そう答えると、なぜか紫苑は目を細める。

「弟が幸せになったとして、お前はどうなんだ」

問いの意味がよく分からず、わたしは紫苑をただ見返す。

「気づいてるか？　さっき花鈴が話したことは、全部花鈴の身に起こったことじゃない。弟が喜んでいるから、嬉しい。そんな話ばかりだ。嬉しいことが起きたのはお前じゃなく、お前の周りの人間だろう？　聞き方を変えるぞ」

不意に、紫苑が真剣な表情になる。

「花鈴、お前自身の幸福はどこにある」

紫苑が言っていることの意味が未《いま》だによく分からないわたしは、大いに戸惑った。

わたしが嬉しかったこと、楽しかったこと。雪那が泣いているのは悲しい、だから笑っていると嬉しい。家族が幸せに暮らしていると、安心するし、嬉しい。わたしも幸せだ。それなのに、紫苑の話では、まるでわたし自身は本当は幸せではなかったみたいだ。けれど、何が問題だというのか、わたしには分からなくて、心がざわつく。

「……悪い。困らせるつもりはなかった。無理に考えなくていい」

答えられなかったわたしを見かねてか、紫苑が話題を切った。気を遣《つか》わせた気がして、申し訳ないような気持ちになったけれど、頭の中には紫苑の問いが燻《くすぶ》り続けていた。自分でもなぜ言葉が見つからないのか分からず、わたしは唇《くちびる》をぎゅっと引き結ぶ。

　一方、紫苑はまた考える素振《そぶ》りを見せてから、全く異なる質問を投げてくる。

「弟のことで何か手伝えることはあるか。今困っていることとか」

　話題が変わり、少しほっとした。

　紫苑の問いがいまだ頭の中を回り続けるが、ここ最近ずっと調査している出来事が割り込んでくる。毒味役の死亡、怪《あや》しい派閥《はばつ》の臣下達。……いいや、さすがにこれは頼《たよ》れない。

「何もないわ」

　蛍火さながらの完璧《かんぺき》な微笑みで言ったのに、紫苑はわずかな沈黙《ちんもく》を見逃《みのが》さなかった。

「今、何か考えたな」

　鋭《するど》い指摘《してき》に、笑顔の裏で舌を巻く。

「何かあったかなって考えただけ」

「花鈴」

　紫苑は、信じるかよ、と言うかのように真顔になった。

　信じてくれればいいのに。紫苑の直感は鋭い。一度引っかかってしまうと厄介《やっかい》だ。

「何もないって。あったけど、それはさっき紫苑が雪那のことを気にかけてくれるっていうので解決したから何もない」

　少し前までの和《なご》やかな雰囲気《ふんいき》はどこへやら、いつの間にかまた紫苑に問い詰《つ》められている。早めに切り抜けなければ、まずい。長くなればなるほど、誤魔化《ごまか》す口実がなくなっていくのは目に見えていた。

「じゃあ、顔色が優《すぐ》れないのはどうしてだ」

指摘に、え、と顔に触《ふ》れようとしてとっさに手をとめる。

「鎌《かま》をかけてるんじゃない。青白い顔をしているぞ」

「神子は即位式《そくいしき》の準備で忙《いそが》しいから」

「それほど即位式の準備に人手が足りなければ、内界から神子が派遣《はけん》されてくるだろう。蛍火と瑠黎はそんな計算もできないような器《うつわ》か？」

前半はその通りで、後半は絶対に違《ちが》う。二人の名前を出されては、口が裂《さ》けてもその通りだと言えるはずがない。

「俺は頼りないか」

「そんなわけない」

とっさに否定してしまったが、何もないで通すべきだった。これでは何か隠《かく》していることを明かしたようなものだ。

「……頼りないからじゃない」

「じゃあ、言ってくれるな？」

即座に、紫苑が聞き出そうとしてくるが、そうはいかない。

「頼りないから言わないわけじゃないし、頼りがいがあっても言えないことはあるわ」

「弟のことなら、力になれる」

「だからそういう問題じゃないの。――これ以上聞くなら、今日はもう戻《もど》るわ」

これで全く話す気がないと分かるだろう。わたしは椅子《いす》から立ち上がろうとした。

「それは契約違反《けいやくいはん》だろ？　俺がもらった時間はまだあるはずだ」

わたしが完全に立ち上がるより、紫苑が向かいの椅子から立ち上がり、距離《きょり》を詰めてくる方が早かった。椅子の背もたれに手をつかれ、わたしは再度座らざるを得なくなった。

取り決めた時間は、あと四分の一くらい残っている。

「ちょっと、紫苑。引き留められても言わないわよ」

動揺《どうよう》を隠して怒《おこ》ったように見上げるわたしを、紫苑が真上から見下ろした。

「この間のように花鈴が辛《つら》くなるような話なら俺は引き下がろう。だが、おそらく今回は違うだろう？　それくらいはさすがに表情で分かる」

言い当てられてとっさに返す言葉が思いつかない。そんなわたしを見て、紫苑は一切《いっさい》の遠慮《えんりょ》をやめることにしたようだった。

「花鈴、言うまで逃《に》がしてもらえると思うなよ」

「時間が来れば、紫苑の方が契約違反になるわよ」

「俺は契約違反は犯《おか》さない。誰《だれ》がこの時間を超過《ちょうか》するって言った？　今言わなかったとしても、次回がある。その次もあるな。最悪、王宮で起こっている事なら瑠黎から聞く手もあるか」

「瑠黎は忙しいから！」

わたしが言わないからと言って、瑠黎から聞きだそうとするのはやめてほしい！

「そうだな。瑠黎より、花鈴の口から聞きたいな」

紫苑は平然と言った。頭上から退くつもりは全くないらしい。分かりやすい脅《おど》しである。おかしい。どうしてこんなに紫苑に主導権を握《にぎ》られているのだろう。前世ではそんなことなかったのに、二百年でより強《したた》かになったと言うのか。大体、この体勢も落ち着かないからやめてほしい。

「……分かった。こうしましょう」

このままではいけないと、わたしの方から提案する。

「言うけど、言うだけよ。この国の問題だから、紫苑は何もする必要ない」

「分かった。約束する」

紫苑はすんなり頷《うなず》いた。少し意外に思うが、言質《げんち》は取れた。頭上から退いてもらって、雪那が狙《ねら》われていることを話した。

「即位前のこの時期を狙ってか、なるほどな。雪那は臣下に良く思われていないよな？」

元の椅子には戻らず、立ったまま話を聞いた紫苑は、腕《うで》を組んで考える顔になる。

「やっぱりさっき話してみて分かった？」

「雪那の様子もそうだが、そもそも事前に評判がよくないという噂《うわさ》は聞いていた。俺のように前の王を討《う》ったならまだしも、百年振《ぶ》りにようやく新王が立つという時に即位前から悪評を耳にするのは少し妙には思っていた」

新たな王が手助けのいらない人物であれば、静観することも考えていたから、事前に探《さぐ》りを入れていたと紫苑は明かした。

「それにしても毒殺か……。で、そんなことが起きてる王宮で何をしている」

「もちろん事件の調査を」

「いつから、どうやってしてるんだ？」

「十日前から、王宮内をわたしが。首都外を蛍火が聞き込みしてくれてる」

「……は？」

「……なによ」

紫苑がなぜか絶句した。見たことのない様子で、わたしは一瞬《いっしゅん》びくりと肩《かた》を揺《ゆ》らした。

「神子をやりながら？　一人で王宮内を？　いつしてるか言ってみろ、絶対勤務時間外にしてるだろ」

「勤務内にも時間はもらってるけど、少しでも早くと思うとどうしても時間が足りないの」

未だに犯人は分からず、即位式は迫っている。雪那に不審がられない程度に側にいる時間を削《けず》り調査をしているが、勤務時間だけでは時間が足りないのは仕方ない。

「つまり、俺がこの時間を作ってさらに圧迫《あっぱく》しているのか」

紫苑は、力なく片手で顔を覆《おお》った。そしてため息をつく。

そんな紫苑の様子に、わたしは慌《あわ》てる。交換《こうかん》条件とはいえ、わたしは無理《むり》強《じ》いされたわけではない。複雑な感情はあるにしても、紫苑に会えるのは単純に嬉《うれ》しくもあった。紫苑は何も悪くない。

「分かった」

わたしが何か言う前に、紫苑が手を顔から外した。

分かったって何が？　わたしは首を傾《かし》げる。

「俺も調査に加わる」

今度はわたしが言葉を失う番だった。しかし、すぐに話が違うと反論する。

「何もしないって約束したでしょ」

「俺は『分かった。約束する』と言っただけだ。何を、約束するかは言っていない」

紫苑は悪びれる様子なく、そんなことを言うではないか。まさかの言い分に、わたしは再び言葉を失いかけた。

「――紫苑、そんな手を使うなんて」

「こんな子どもだましの言葉遊びに引っかかるとは思わなかったが、接してみて分かった。今世のお前は隙《すき》が多い」

「そんなことない」と反論したかったが、散々紫苑に言い負かされている現状では何も言うことなどできそうになかった。今世で十七年育ってきた環境《かんきょう》は、当たり前だが王であった時とはまるで違う。暮らしの豪華《ごうか》さという意味ではない。腹の底の見えない臣下と話し、相手の思考を読み取ろうとしたり、読み取られないようにしたりという経験は今世ない。それらは全《すべ》て前世の記憶《きおく》だ。

「俺は花鈴といることができて、花鈴は人手が増えて調査の時間も確保できる。互《たが》いに利益しかないだろ」

「駄目《だめ》」

すかさず、わたしは断る。

「紫苑は他国の王よ。この国の揉事《もめごと》に巻き込むわけにはいかない」

紫苑はわたしの告げた理由を、鼻で笑った。

「俺が即位したばかりの頃《ころ》、国内の問題解決に力を貸してくれた『他国の王』は誰だ。俺の方が余程酷《ひど》い状態に巻き込んでいた自信がある」

前世でわたしが紫苑の即位に際して関《かか》わったことを後悔《こうかい》することは、今世を含《ふく》め一生ないだろう。けれど、ここまで恩に着られるとくすぐったさを通り越《こ》して、貸し借りなしでいいから！　と言いたくなってくる。ただでさえ、わたしは紫苑に隠し事をしたまま、雪那のことで紫苑の言葉に甘えていて、罪悪感があるのに。

　顔を逸《そ》らし、断固拒否《きよひ》の構えを取る。さっきの、隙が多いという指摘《してき》を聞いて、口では勝てない気がしてきたのだ。

「前世では王として、他国の王に協力しただけだし。他国の王が暗殺未遂《みすい》の調査をするなんて聞いたことない」

「……花鈴」

　紫苑の気配が近くなった。膝《ひざ》をついた紫苑が、わたしを覗《のぞ》き込むようにした。

「……瑠黎がどうとかいう脅しは、利《き》かないから」

　視線を搦《から》め捕《と》るような目に、声が上ずりそうになった。

「さすがに意志が強いな」

　紫苑はため息を吐《つ》いた。紫《むらさき》の目が、いつもとは異なり下から射貫《いぬ》くように見て、わたしに目を逸らすことを許さない。

「本音を言うぞ」

　本音？

「ここまでのも本音だが、一番の本音、だ。俺が心配しているのは『花鈴』個人だ」

　紫苑の手が伸《の》ばされ、わたしの目元に触《ふ》れた。疲《つか》れが分かる顔をしていると言うのなら、くまでもできているのだろうか。でも、それより直《じか》に触れた手に意識が集中する。

温かい指先がわずかに触れただけのはずなのに、直に心に触れられているような落ち着かない心地《ここち》がした。

「神子は寝不足《ねぶそく》くらいで死にはしないが、倒《たお》れはする。万が一姉が倒れたら、その弟が一番気にするだろう」

「……雪那には気がつかれないようにする」

紫苑は首を横に振《ふ》る。そういうことではない、と聞こえてきそうだった。

「王じゃなくなったからって、守られるのをやめて前に出るな。お前の身に何かあって悲しむのは弟だけじゃない」

目元に触れていた手が、存在を確かめるがごとく、触れるか触れないかくらいの手つきで輪郭《りんかく》をなぞる。

「再会した日に一方的に言ったのは悪かったが、頼《たの》むから覚えておいてくれ。俺は、お前が好きだ」

再会した日、ぶつけるようにわたしに告げた言葉を、今の紫苑は祈《いの》るように言う。

心臓がどきりと跳《は》ねた。

「自分より、他《ほか》の誰《だれ》かを優先しすぎるな。お前が危険な目に遭《あ》うことを心配し、失うことを恐《おそ》れ、幸福を願う者がいることを覚えてろ」

最後に、無茶《むちゃ》はしてくれるなと囁《ささや》き、紫苑の手が離《はな》れた。恐れ、という言葉を紫苑から初めて聞いたかもしれなかった。彼には似合わないと言うより、思いそうにないと感じる言葉だ。何か言いたかったはずなのに、立ち上がる紫苑を視線で追うことしかできない。

「今日はお開きだ。話が聞けて嬉しかった」

紫苑は、部屋の外に向かって宗流の名前を呼んだ。すぐに宗流が扉《とびら》を開けて姿を現す。

「紫苑」

「花鈴、明日またここに集合だ。いいな、来なければ俺が神子の宮に捜《さが》しに行くからな」

強制的な約束を残され、わたしは恒月国用の滞在《たいざい》宮を後にすることになった。


睡蓮——花鈴が去っていく後ろ姿を、紫苑は窓から眺《なが》めていた。

「有意義なお時間……だったはずですよね？」

声をかけられ、紫苑は姿の見えなくなった窓の外から目を離し、振り向いた。紫苑の表情は何とも表現のしづらいもので、宗流は戸惑《とまど》った顔をした。

「有意義だったことに間違《まちが》いはない。話を聞けた。これまで花鈴がどう生きて来たのかあらかた分かった」

花鈴、舌に馴染《なじ》み始めて来た名前だ。今日、話を聞いて、話す様子を見ていて、より馴染んだ気がする。

「同一人物のはずなのにな、時折睡蓮と別の人間のような顔をする」

「と、言いますと?」

「随分《ずいぶん》、隙が多い」

「不用心だと?」

「人並みの用心はあるだろうよ。前と比べて、の話だ」

「それは、紫苑様にとってがっかりすることだったりするんですか?」

「がっかり? いいや。王になる前の睡蓮は、あんな風だったのかもしれないと思った」

こういう面があるのかと新鮮《しんせん》に思って接していた。以前の彼女は、出会った時点ですでに六百年の歳月を王として生きていた。

「ただ、自分の身を顧《かえり》みていない。王っていう立場がないからか……目を離せば危険な目に遭いそうで怖《こわ》いな」

その危《あや》うさの原因は、分かる気がした。今日、聞いた話で気になる点があった。

元々は、単純に知れることを知りたいと思って聞き始めた話だ。紫苑は、かつての睡蓮に出会う前のことを聞いたことがなかった。目の前にいる睡蓮の姿、接する姿が全《すべ》てでいいと思っていた。

だが、睡蓮が亡《な》くなってから、きっとそれではいけなかったのだと気づいた。知らないことが自分の予想できないことを引き起こす。知れることは知りたい。王ではない彼女がどんな風であるのか、知りたかった。

そんな思いで取り零《こぼ》さないように聞いていた話の内容は、こんなことが起こった、こんなことがあったと笑って自らの感情を話しているようで、その実、家族についてばかりで、後半はほぼ弟についてだった。そして今、弟のために神子になり弟の側《そば》にいるという花鈴は、自分の幸福について聞かれて、『今は微妙《びみょう》かな。雪那が幸せに暮らしてくれるなら幸せなんだけどね』と言った。それは弟の幸せではないか？

違和感《いわかん》に従って問えば、まるで自分の幸せという言葉を初めて認識《にんしき》したような反応をされた。そこで話題は切り上げたが、違和感は燻《くすぶ》り続けている。かつて王だった彼女は、果たして自分の幸せを考えて、一欠片《ひとかけら》でもそのために生きたことがあったのだろうか？

「弟第一、自分は二の次、か」

ならば、弟の抱《かか》えている問題を一掃《いっそう》する。その上で、花鈴が彼女自身の幸福を考えて、自分の手をとってくれればいいのに、と紫苑は思った。

紫苑は、どうしてあんなことを言ったのだろう。

わたしは幸せに生きてきた。紫苑に語ったことは全部わたしの幸福な思い出のはずなのに。それが、わたし自身の幸せではないと、どうして……。どうして、わたしは紫苑の言葉にこんなに動揺《どうよう》しているのだろう。思考がかき乱される。


『花鈴様』

声をかけられて、我《われ》に返ると、手鏡に蛍火が映っていた。

夜、神子の宮に与《あた》えられた部屋で、定期連絡《れんらく》のために時間まで蛍火を待っていたのだった。『お待たせしました』と言う蛍火に慌《あわ》てて首を横に振り、早速《さっそく》調査の話に入る。

十日前の毒殺未遂以降、雪那の暗殺未遂は起きていない。わたしは雪那の周囲の人間の中で、動機のありそうな人物の周辺を調べ、蛍火は首都に来ていない貴族の事情を探《さぐ》りながら、暗殺に使用された毒が育てられそうな土地を探してくれている。

「引き続き、何か分かったらお願い」

『はい。……ところで、何かございましたか』

互《たが》いに情報の共有が終わったところで、鏡の向こうで一礼し頭を上げた蛍火にそう聞かれ、わたしは思わずぎくりとした。昼間の紫苑と会った時の記憶《きおく》が、濃《こ》く頭の隅《すみ》で存在を主張していたからかもしれない。

「どうして？」

『意識が他に割《さ》かれているように見受けましたので。……紫苑様と何か？』

初日の出来事から、蛍火は原因が紫苑かと勘繰《かんぐ》っているのかもしれない。

「紫苑から、調査の協力の申し出を受けたの」

本当は、それが心当たりのあったことではなかったのだが、代わりにそう答えた。……のだが。

『それだけですか』

誤魔化《ごまか》しは通用しないらしい。蛍火には敵《かな》わない。わたしが蛍火の感情を表情以外から何となく察せられるように、彼もまた、わたしが自覚しない部分から、隠《かく》し事を読み取ってくる。付き合いの長さゆえで、どうしようもないところなのだろう。

蛍火の言葉に背中を押され、わたしの中に、今日、紫苑と別れてからずっと考えていることがぽつりと浮《う》かぶ。

「……ねえ、蛍火」

紫苑にされたあの質問を、蛍火にしてみたくなった。他の人なら、どう答えるのだろう。

「蛍火にとっての幸せは、何？」

蛍火は虚《きょ》を衝《つ》かれた顔をした。さすがに、突然《とつぜん》で突拍子《とっぴょうし》もない内容だったからだろう。わたしだって、そんな質問をされたのは今日が初めてだ。

『誰かに聞かれでもしたのですか』

「……よく分かったわね」

『いえ、花鈴様が自分でそう考えるとは思えませんので』

「確かにそうだけど。じゃあ蛍火は？　考えたことある？」

むっとして、無言で蛍火の答えを催促《さいそく》する。

『答えられはしますよ。人を超越《ちょうえつ》した時間を、変わりゆく国々を見ながらのらりくらり生きることです』

何と、すんなり答えが返ってきた。おまけに、人の幸福の物差しに文句をつけるつもりはないが、なかなかの理由だ。そんなに笑顔《えがお》で言えることではないだろう。

『紫苑様にでも聞かれたのですか』

蛍火は自分の答えには触《ふ》れず、微笑《ほほえ》んだまま聞いてくる。

「どうして分かったの」

『勘です。それより、察するに私と異なり花鈴様は答えられなかったということですか』

「……答えたわよ。答えたけど」

歯切れ悪く、お前自身の幸福はと問われたと話した。確かにそれには答えられなかった。

自分の幸せ、とは何だ。家族が幸せそうだから幸せ、というのとは違うのか。前世から家族が幸せに暮らせるようにと一番に思って生きてきたのに、と無意識に唇《くちびる》を噛《か》む。

前世、生まれた時から家は貧しくて、実りの悪い大地を必死に耕してぎりぎりの生活を続けていた。体を悪くする祖父母を見ていて、父や母もいつ体を壊《こわ》すかと怖かった。弟はいつもお腹《なか》を空《す》かせて泣いていて、暗い顔が少しでもほころぶと嬉《うれ》しかった。叶《かな》うならそれが続けばいいと願うばかりで、王になってもそれは変わらなかった。王だからこそ人の幸福が最優先だった。

自分自身に何か起こって、それが嬉しければ幸福なのだとしたら、わたしにとっての幸せはどんなことになるのだろう。きっとあったはずなのに、これまでの人生を思い返しても思い出せない。

『思いつかなかったのなら、これから探せばいいだけの話ですよ。もう、あなたは王ではなく、他人の幸せを第一に考えて生きていかなくてもいいのですから』

鏡の向こうからの声に、わたしはいつの間にか俯《うつむ》いていた顔を上げた。蛍火はいつになく優《やさ》しい目をして、笑みを深めた。

「これから……」

『ええ。せっかくの第二の人生ですから。自分の幸せ探しをするのも良いと思いますよ』

自分の幸せは自分の幸せ、その他の幸せはその他の幸せだ、と蛍火は言った。

これから見つければいいだけか、と少し心が軽くなる。

『それで、紫苑様が調査に協力するという話はどうするつもりですか？』

あっさりと、蛍火が話題を次へ移した。

『四六時中紫苑様が側にいることになりかねませんが、大丈夫《だいじょうぶ》ですか？』

紫苑に言われてから、考えていた。

紫苑と過ごす時間が好きだ。今日も楽しさのあまり時間を忘れて話し込んでしまった。いくら家族のことを話すからと言って、誰《だれ》にでもあのようにはいかない。思えば、花鈴として話していたのにもかかわらず、共に過ごした過去の懐《なつ》かしい空気を思い出した。

前世では言われなかった言葉を言われ、知らなかった紫苑を見た。彼の紫《むらさき》の目に、どんな感情が宿り、かつてのわたしを見ていたのか知った。紫苑のその目を見ると、わたしの心はどうしようもなく揺《ゆ》れてしまう。苦しさと痛みも伴《ともな》う感覚だ。

紫苑には今日聞かれなかったし、無理に答えなくていいと言ってくれたけれど、死んだ理由を言わずに今後共に過ごすと考えると、ずっと苦しくて仕方ないのだろうと思う。

けれど——茶会のときに宗流が言っていた。わたしが見た目には分からなくとも、大きく変わっているように、紫苑もそうだと。生まれ変わってからのわたしのことを紫苑が知らないように、わたしもまた紫苑について知らないことがある。

紫苑のことを誰より長く側で見続け、誰より紫苑のことを知る宗流がわたしに言ったということは、それはわたしが知るべきことなのだろうか？　隠し事をしているわたしが？　それとも隠していることがあるからこそ、とでも言うのだろうか？

『今のお前のことが知りたい』と言って、わたしの話に耳を傾《かたむ》けていた紫苑は、最後にまた好きだと言った。じゃあ、わたしが前世で死んだ理由を言っても、まだ好きだと言ってくれる？　そんな甘い考えが浮かんで、小さく首を振《ふ》った。あまりに勝手だ。

大体、どのみち言えやしない。わたしは、服に隠れた左肩《ひだりかた》の辺りに触れた。

「問題ない」

自分の苦しさなど、自業自得《じごうじとく》の塊《かたまり》だ。あの調子の紫苑と話し合って説き伏《ふ》せられるかを考えるより、この短い滞在《たいざい》期間の間協力してもらおう。他にろくに知る人間がいない中、信頼《しんらい》できるだけでもありがたい。

『では、紫苑様の許《もと》に赴《おもむ》く際は、私も参ります。後からどのように紫苑様が協力することになったか聞くより、同席しておいたほうが良いでしょう』

「明日なんだけど、来られる？」

『はい』

明日、わたしは蛍火と、紫苑の待つ恒月国用の滞在宮を訪《おとず》れることにした。

四章

　翌日、恒月国用の滞在宮にわたしと一緒《いっしょ》に現れた蛍火に、紫苑は予想通りといった様子だった。

「やっぱり蛍火も来たか」

「お久しぶりです、紫苑様」

「久しぶり？　馬鹿《ばか》言うなよ、ついこの間ここで会ったな？」

「先日はまともにご挨拶《あいさつ》できませんでしたから」

　まだ昨日の紫苑との会話に気を取られていたわたしは、二人のやり取りに目を瞬《しばたた》く。

　そういえば、紫苑と蛍火が顔を合わせるのは、わたしが紫苑と再会してまさにこの部屋で、蛍火に助けを求めたとき以来か。仏頂面《ぶっちょうづら》の紫苑と微笑みを浮かべる蛍火は、わたしよりずっと高い目線で会話している。二人とも目が笑っていない。

　この二人、前世の頃《ころ》から仲がいいわけではなかったけれど、決して仲が悪いわけでもなかった。そもそもわたしが紫苑と会う機会があるから、蛍火も紫苑と顔を合わせていたくらいで、一言二言言葉を交《か》わすことがあっても腰《こし》を据《す》えて話したことはないと思う。表面上での対応という感じだった。けれど、今は少しぴりぴりとした空気感がある。

思えば、紫苑から蛍火に関しては何も聞かれていないけれど、わたしが紫苑の問いに窮《きゅう》したときに蛍火を呼んだことで、紫苑は蛍火が何か知っていると察しただろう。再会した日、あれほど激しく問いかけたことが、紫苑の中でもうどうでもよくなっているとは考え難《にく》い。紫苑は、前世に関して何も触れようとしないわたしを、どう思っているのだろう。

……いや、余計なことを考えている場合じゃない。ここに来た目的を果たさなければ、と表情を引き締《し》める。

「紫苑、調査に協力してくれるっていう話だけど」

睨《にら》み合っていた蛍火からわたしに目を向け、紫苑は鋭《するど》くなっていた目つきを和《やわ》らげた。

「返事を聞こうか」

「一方的に協力を申し出ている側の台詞《せりふ》ではないですよ、それ」

「宗流、茶々を入れるな」

宗流は「申し訳ございません」と言ってさっと引っ込んだ。

「紫苑の気は変わらない？」

「変わらない」

もう一度確認《かくにん》したが、即答《そくとう》された。元より紫苑が宣言同然の自分の発言を撤回《てっかい》するとは思っていなかったから、念のためだ。

「紫苑の仕事は大丈夫なの？」

「大丈夫じゃなかったら、首を突《つ》っ込まない。それにうちの国で緊急《きんきゅう》の問題があればそっちを優先させてもらうから気にしなくていい。元々あまり動き回れる立場ではないからな、部屋に閉じこもって仕事をしているとでも言えばいいだろう」

「分かった。――紫苑に、協力をお願いするわ」

わたしの返答に、紫苑は頷《うなず》いた。わたしが蛍火と一緒にここに来た時点で、予想していたのかもしれない。

「今の状況《じょうきょう》を話すわね」

紫苑に促《うなが》され、椅子《いす》の方に移動する。わたしと紫苑は机を挟《はさ》んで座り、蛍火がわたしの後ろに、宗流が紫苑の後ろに立った。

「昨日話した通り、先日雪那の暗殺未遂《みすい》が起こったわ」

食事に毒が盛られ、毒味役が死んだ。毒の種類は現在流通しているとは考え難い珍《めずら》しい種類で、犯人が秘密裏《ひみつり》に栽培《さいばい》しているか、元々所有していたかという可能性が高く、毒の入手先からの犯人特定はできていない。また、解毒剤《げどくざい》も入手は不可能に近い。投獄《とうごく》されている料理を作った者、運んだ者は無実を主張している。

わたしは毒を盛ることができた者と暗殺を行う動機のありそうな者をある程度絞《しぼ》り、行動や周辺情報を調べているが、今のところ不審《ふしん》な点はない。蛍火には、雪那を王と認めていない憲征派の貴族が病気を理由に来ていないことが気になり、確かめてもらっていたことを話す。

「病は嘘《うそ》で、馬車でどこかへ出かけている者さえいる状態なの。それだけだと、単に仮病《けびょう》を使って即位式に出席しないことで雪那を認めない態度を示しているだけに見えたかもしれないけど、その全員の邸《やしき》に使者が頻繁《ひんぱん》に出入りしていて、邸周辺に住む人の話では、夜に顔を隠《かく》した者が時折訪れるとか、人目を忍《しの》んでいるのよね。今、蛍火がその使者がどこから来ているのか追っているところで、一部の使者を追った結果、同じように仮病を使って首都に来ていない貴族の邸に着いたの」

即位式が十五日後に迫《せま》り、首都に着いているはずの国内貴族だが、未《いま》だ病であるという者達が到着《とうちゃく》していない。その者達の邸を、使者が行き来している。元から懇意《こんい》にしている間柄《あいだがら》だとしても、療養《りょうよう》中、人目を気にして使者を交わしているのは怪《あや》しい。

念のための確認くらいの考えだったのだが、調査が進むにつれて思わぬ現状が出てくる。

「……なるほどな」

詳細《しょうさい》が語られるうちに、紫苑の表情に険しさが増していった。

「なら、俺はその一番怪しいっていう憲征派の周辺を直接探《さぐ》ってみよう」

「えっ、どうやって」

「俺を誰《だれ》だと思っているんだ。この国の隣国《りんごく》にして、国交を結べば有益な点が圧倒《あっとう》的に多い国の王だぞ。どうせ王だとばれているのだから、いっそ国交回復の話をついでにしたいとちょうど思っていたところだ」

そんな餌《えさ》を吊《つ》り下げれば、あっちから寄ってくるだろう？　と言われ、わたしは慌《あわ》てる。

「直接なんて、さすがにそこまでしてもらうわけには」

「だが上手《うま》くいけば確実な情報が手に入る方法で、この中で一番の適任は俺だ。心配するな、国交の話を進めながら上手くやれる」

「紫苑が失敗するとかは心配してなくて」

数十年腹の探り合いをしている程度の者達など、紫苑は手玉にさえ取れるかもしれない。

「なら、任せろ。花鈴、何としても雪那を守りたいんだろう？　使えるものは利用しろ。お前は頼《たよ》るのが下手《へた》だな」

頼れと、蛍火と同じようなことを言われて思わず口をつぐむ。その隙《すき》に、紫苑がさらに主張する。

「俺は頼りになると言ったな？」

紫苑の真っ直《す》ぐな視線を受けて、わたしがぐっと反対の言葉を飲み込んで「……お願い」と言うと、紫苑はふっと余裕《よゆう》ありげに笑った。

「私がいない間、また先日のような顔をさせたら許しませんよ」

圧をかけるような言い方に後ろを見上げると、蛍火の顔からは微笑《ほほえ》みが一切《いっさい》消えていた。

わたしが「蛍火？」と呼びかけても、蛍火は紫苑を見たまま反応を示さなかった。

「……お前に言われるまでもない」

紫苑も真剣《しんけん》な表情で蛍火の視線を受けそう答えると、蛍火は隙のない笑《え》みを浮《う》かべた。

「そうですか、それは安心しました。では、お気をつけて」

「お前に心配されるのは、気味が悪いな」

「ご冗談《じょうだん》を。豪傑《ごうけつ》と呼ばれる恒月国王を心配など、畏《おそ》れ多くてできません」

二人の間で話がついたようだがわたしには何か分からず、紫苑と蛍火を見ると、蛍火は微笑むばかりで、紫苑は肩《かた》をすくめた。

こうして紫苑は王という立場を利用して、疑いが濃《こ》い憲征派の高官に接近してくれることになり、蛍火は首都外の調査に戻《もど》るべく、再び王宮を去った。


会議を終え、私室に戻って来た雪那が疲《つか》れたように椅子に座る。けれど、悲愴《ひそう》感はない。疲労《ひろう》は見えても、不安と焦《あせ》りは「やってやろう」という前向きな意気込みに変わっている気がする。紫苑との対面を境に、変化したことは明らかだ。

毒味を通し何ともないことを確認されてから、雪那の前にお茶が出される様子を今日も注視する。茶杯《ちゃはい》が置かれたところで視線を感じて、目を向けた。

雪那がわたしをじっと見ていたので、わたしは首を傾《かし》げる。

「陛下、どうかされましたか？」

「花鈴は、以前より僕の側《そば》にいることが減ったよね」

できる限り極端《きょくたん》に側にいる時間が減らないように調整してきたはずだが、気がついていたか。調査のために、以前より雪那の側にいる機会は減っている。

「他《ほか》の仕事を任される機会が増えましたので」

瑠黎も他の神子も、詳細は雪那に語らないだろうから、これで問題ない。しかし、雪那はこう聞き返してきた。

「それだけ？」

あまりに真っ直ぐに聞き返され、わたしは不意を突かれたけれど、微笑んで答える。

「はい。それより陛下、即位式《そくいしき》前夜の宴《うたげ》の会場をご覧になりましたか？」

「いや」

即位式は西燕国の王即位を祝う日になるため、その前日の夜には使者歓迎《かんげい》の宴が開かれる。会場となる宴が開かれる宮を覗《のぞ》いてみると、各国の使者達の席がずらりと並べられ、飾《かざ》りつけが着々と進んでいた。

「即位式の準備の関係で近くを通ったのですが、すごいですよ。楽しみになさっていてください」

雪那の部屋を後にした廊下《ろうか》で、わたしは雪那と交《か》わした会話を思い起こす。誤魔化《ごまか》したけれど、雪那は何か勘《かん》づいてきているのかもしれない。

「花鈴」

頭を悩《なや》ませていると、声をかけられ、腕《うで》を引かれた。驚《おどろ》いてそちらを見ると、紫苑がいた。宗流も後ろにいる。

確か今日、国交回復に向けての話し合いの場に出席する予定だと聞いていたから、その帰りかもしれない。恒月国側は前向きに国交の回復を望んでいるという姿勢を紫苑が示すと、西燕国側の重臣は飛びついた。紫苑の機嫌《きげん》を取ろうと、規模は小さいが接待まで試みているようだ。紫苑は恒月国としてこの機会を有効活用して順調に重臣と関《かか》わりを持ちながら、憲征のことを探っている。

実は憲征と紫苑との関わりができたことで、文耀がそれを妬《ねた》み、会議の場はさらにぎすぎすしているのだが、例によって叡刻が二人の間を仲裁《ちゅうさい》している。

「西燕国王の様子はどうだ？」

わたしは、雪那が会議から戻り、私室で短い休憩《きゅうけい》中にあることと、これから会議の内容を振《ふ》り返って必要な書類に署名する予定になっていることを教える。

雪那の行動範囲《はんい》は狭《せま》い。寝室《しんしつ》、私室、執務《しつむ》部屋と王のための用途《ようと》別の部屋の他、会議室、祭壇《さいだん》のある部屋、くらいだ。先日のように庭に面した露台《ろだい》に行くのも稀《まれ》で、謁見《えっけん》の間にも普段《ふだん》は行かない。

「ほとんどの時間を室内で過ごすから、出入り口付近を衛兵が固めていて暗殺方法は限られるのか」

「うちの国の臣下にしてみれば羨《うらや》ましい限りでしょうね。うちの王様と来たら、護衛もつけずに街に行くものですから」

宗流の呟《つぶや》きに、紫苑が睨《にら》みをきかせてから、宗流の発言などなかったように付け加える。

「犯人が王の部屋にも入れる人物じゃなく、衛兵でもなければ有効だな」

「そうね。たとえ毒殺であっても、口に入るものなら最悪毒味役で気がつくでしょうけど、解毒剤《げどくざい》がないから誰かに危害が加わる前に気がつきたいのよね……」

絶対に、死んでしまうのだ。雪那の命が狙《ねら》われる過程で、それを防ぐ役割の人間とはいえ、人が死ぬ。なぜ目的と関係のない人間を殺すような真似《まね》ができるのだろう。

ぴくりと、何かに気づいたように紫苑が顔を上げた。

「騒《さわ》がしくないか」

言われて、騒がしい雰囲気《ふんいき》が漂《ただよ》っていると気がつく。何かあったのだろうか。

「ちょっと聞いてくる」

紫苑をその場に残して、ちょうど近くを通った女官を呼び止める。

「小杏《しょうあん》」

栗色《くりいろ》の髪《かみ》が艶《つや》やかで、同じ色の瞳《ひとみ》が柔《やわ》らかな印象を与《あた》える女官だ。小杏は、重臣の一人、叡刻の娘《むすめ》だった。

「花鈴様、何かご用でしょうか？」

呼び止めたわたしを見て、一礼し、小杏はおっとりした微笑みで首を傾げた。

「少し騒がしいようだけど、何かあったの？」

小杏は、先の廊下を見やって、「ああ」と呟いた。

「ご存じありませんか？　内界から儀《ぎ》式《しき》服が届いたそうです」

とても綺《き》麗《れい》でした、きっと陛下にお似合いになりますね、と女官は頰《ほお》に手を当てて言った。

そういえばそんなものがあった。即位式当日の朝に内界で神に拝謁《はいえつ》し、不老の身と神秘の力を与えられ、ただの人から王になる儀式が行われる。そのときに身に着ける特別な衣《い》装《しょう》だ。

懐《なつ》かしい、と過去に思いを馳《は》せかけたところで、思い出したことがあった。眉《まゆ》が寄りそうになるのを堪《こら》えて、平静を装《よそお》って小杏に聞く。

「儀式服が、内界から届いたの？」

「はい。内界の神子様が置いて行かれたそうです」

「受け取った者がいるのね？　誰《だれ》か分かる？」

「聞いてみます」

小杏について行った先は、騒がしい部屋だった。女官達が集まり、扉《とびら》の方に背を向けて、皆《みな》で何かを取り囲んでいる。わたしたちが入ってきたことにも気がつかない。

「ねえ、それを受け取ったのが誰か知っている？」

集まっていた女官達が声に振り返り、最初に小杏を見てから、次に神子服を着たわたしを見て、慌《あわ》てて顔を伏《ふ》せる。彼女たちの間から、衣服の端《はし》だろう青い布が見えた。

「私です」

奥で一人の女官だけが顔を上げていた。毒殺未遂《みすい》の時に部屋の外にいた女官の一人だ。

「珠香ね。ちょっと話を聞きたいから、来てくれる？」

微笑んで手招きして、珠香を部屋の外に出したところで、小杏にはお礼を言って少しその場を離《はな》れた。

「あの服、神子から受け取ったの？」

「はい。内界での儀式用の礼服だと」

珠香は、真っ直《す》ぐわたしを見て言った。

「その神子は、確かに神子の服装だった？」

「そうだと思いますが……」

珠香は、わたしの問いに答えながら、どことなく不安そうにわたしを窺《うかが》った。

「すぐに顔を伏せたので……」

「じゃあ、顔も覚えていない？」

「はい……ですが、知ったお顔ではなかったと思います」

少なくとも、この国の神子ではないようだ。

「男か女、どちらだったかは分かる？」

「男の人、でした」

「あの服をどうすればいいか言われた？」

「はい。お召《め》し替《か》えの際に一度陛下に着ていただいて、大きさを確認《かくにん》してほしいと言われました」

つまり、着替えのときに自然と雪那が袖《そで》を通すように。これ以上引き出せる情報はないと判断し、わたしは珠香を戻《もど》らせた。

「……おかしいな。儀式服には内界で着替えるものだ。ここにあるはずがない」

いつの間にか、紫苑が側にいた。近くで身を隠《かく》して聞いていたらしい。けれど宗流の姿はない。

不可解そうな目をしている紫苑に、「そうよね」と同意しながらわたしは眉を寄せた。

「服を回収しなくちゃ」

「宗流に行かせている。ほら、来たぞ」

部屋に戻ろうとするわたしを止め、紫苑が部屋の方を示した。すると、珠香と入れ替わりに宗流がこちらに戻ってくるところだった。手には、神子から渡《わた》されたという儀式服を持っている。

「不備があったので、預かりたいと言って回収してきました」

「宗流、ありがとう」

宗流から衣服を受け取り、すぐに誰もいない一室に移動した。

本物のはずがない。儀式服と騙《かた》って、何が届いたというのか。この疑いが杞憂《きゆう》であればいいと思いながら、服を隅々《すみずみ》まで調べる。

「……あった」

袖の裏地に、小さな針を見つけた。仕立てに使用する針にしては小さすぎる。胸元《むなもと》から取り出した小さな布で包んで慎重《しんちょう》に取り出すと、針は先だけ色が違《ちが》った。毒が塗《ぬ》られているのかもしれない。女官が言いつけ通りに着替えのついでに着せていたら、雪那に刺《さ》さって死んでいたと思うとぞっとする。

「この匂《にお》い……」

針を手で扇《あお》ぐと、微《かす》かに香《かお》ってきた匂いにわたしは顔をしかめる。

「おそらく、前回の毒殺未遂で使われたものと同じ毒よ」

紫苑に手を差し出されたので布に載《の》せたまま針を渡すと、紫苑も匂いを嗅《か》ぐ仕草をする。

「怪《あや》しいのは、まずこの服を持ってきたっていう神子か」

「そうね。他《ほか》の者にも、見たことのない神子を見かけなかったか聞いてみる必要がありそう」

今回はまだ誰も毒に気づいていないから、できるだけ自然に聞かなくては不思議に思われるか、また何かあったのかと思われそうだ。さっき、珠香には情報を聞き出すために細かく聞いたけれど、なぜそんな質問をされるのかと、不安そうにわたしを見ていた。彼女には、毒味役死亡の件で投獄《とうごく》された女官についても一度話を聞いていた。

「なんとかその神子を見つけないと……」

「……そうだな」

紫苑が何か考える様子になってから、わたしを見る。

「その毒針、見つけなかったことにしないか？」

「どういうこと？」

毒針による暗殺は防げたのだ。それを見つけなかったことにするとは？　紫苑の提案に、わたしは首を傾《かし》げた。

日中神子を捜《さが》したが結局怪しい人物は見つからず、深夜、紫苑と神子の宮で再び会う。『毒針を見つけなかったことにする』という話のためだった。紫苑についてきた宗流と一緒《いっしょ》に、神子の宮の中に入っていく紫苑についていく。

「今回、俺たちが服を回収したことによって暗殺は未遂に終わった。それどころか暗殺未遂があったことにさえ誰も気づいていない。そこで、何もなかったように毒針を抜《ぬ》いた儀式服を戻し、女官達にそれを伝えておく」

わたしは頷《うなず》く。偽《にせ》の儀式服は、紫苑の勧《すす》めで毒針を抜いた状態で衣装部屋に戻してある。

「さらに数日以内に内界に送り返すと期限をつけておく。そうすれば、その間に犯人は毒針がまだあるのか確認しに来るんじゃないか？」

即位式《そくいしき》まで、あと十日。わたしたちにも猶予《ゆうよ》はないが、犯人側にも猶予はない。そして、雪那へ仕掛《しか》けられる暗殺方法は限られている。初めて、こちらから罠《わな》を張れる機会だ。絶対に雪那に害が及《およ》ばないようにと表情を引き締《し》め、わたしは同意の証《しるし》に頷いた。

しかし……話の流れと今歩いていく方向にある部屋に、まさかと思い至って冷や汗《あせ》が流れた。

「それなら数日間、衣装部屋を見張ればいい。西燕国の水鏡を使ってな」

着いた先は、水鏡の間だった。扉には鍵《かぎ》がかけられているが、国付きの神子は全員鍵が与《あた》えられている。紫苑に促《うなが》され、図書室地下の鍵や記録書の部屋の鍵などの中から水鏡の間の鍵を捜し出す。手が微かに震《ふる》えたが、長い袖に隠れておそらく紫苑は気がついていないだろう。

室内の中央には、縦に長い楕円《だえん》形の鏡が置いてある。普通《ふつう》の鏡と異なり、鏡の表面は人が通る際や触《ふ》れた際に水のように波紋《はもん》を描《えが》く。また、正面に立っている人や景色を映さず、普段は底の見えない湖のように暗い。

これが、『水鏡』だ。神子の力によって、国のあらゆる場所を映すことができ、移動も可能になる。

予想が的中し、冷や汗が止まらないばかりか、心臓がうるさく鳴っていた。確かに、気配を悟《さと》られずに見張るには最適なのだが、手放しで同意するわけにはいかない理由がわたしにはあるのだ。

「花鈴、衣装部屋を映してくれ」

紫苑は当然、わたしにそう言った。

わたしは現在西燕国の神子だ。神子であるなら水鏡は使えて当然なのだが、わたしは偽の神子なので、水鏡を操《あやつ》るのに必須《ひっす》の神秘の力をわずかも持っていない。

紫苑は、まさかわたしが偽の神子だなんて夢にも思っていないだろう。神に仕える神子に成りすますということは、神を冒瀆《ぼうとく》するような行為《こうい》だ。できるできない以前に、本来許されるの行いではない。

どうする、瑠黎に許可を得ていないことにする？　いや、それは瑠黎に迷惑《めいわく》がかかるから絶対駄目《だめ》だ……。

「神子になってから日が浅くて、水鏡の管理の仕事は回って来ないから使い方を知らなくて……」

事実ではある。これしかない、と短時間で導き出した答えを、声の調子を変えないように言った。

だが、紫苑は怪訝《けげん》そうにした。

「花鈴なら、そういうことは前もって聞いておくだろう。知っていると便利だろうからな。……それと、俺に嘘《うそ》をつくならもっと上手《うま》くつけよ」

全《すべ》てを見透《みす》かすような紫《むらさき》の目に、わたしは内心ぎくりとした。

「どうして嘘をつく？　花鈴に嘘をつかれると傷つく」

紫苑が悲しそうな顔をしたので、わたしは焦《あせ》る。違う、紫苑を傷つけようとしたのではない。けれど、ではなぜ、と聞かれて真実を避《さ》けようとすれば、答えに窮《きゅう》するだろう。

これは、話すしかないと腹を括《くく》った。

「紫苑、ごめん。紫苑を傷つけるつもりはなかったの。ただ、使い方を知らないのは本当で……言っておかなくちゃいけないことがある」

わたしは、神妙《しんみょう》な顔で、紫苑に秘密を打ち明ける。

「……わたし、神子じゃないの」

「は？」

予想もしていなかった告白に、紫苑が呆《ほう》け、何を言っている、とわたしを示す。

「神子じゃないって、神子だろ」

神子の服を着ていて、国に派遣《はけん》されてきているだけで、人は疑わない。

わたし自身、神子であることを疑われたことはなく、無条件に信用されて、神子だからと検死官だって不思議そうにしながらも毒味役の検死結果を詳《くわ》しく教えてくれたのだ。

「正当な神子じゃないの」

「どういうことだ」

蛍火とした取引は言うわけにはいかないので、雪那の側《そば》にいるために偽の神子にしてもらったことを簡潔に説明すると、紫苑は「蛍火か」とため息をつく。

「……あいつ神子長だったな。職権乱用じゃないのか」

そうしてもらっているのは、他ならぬわたしなのだ。取引ではあるが、私的な理由であることに変わりはない。わたしは、紫苑の様子を恐《おそ》る恐る窺《うかが》う。

「そこまでして……」

しかし、紫苑は一言呟《つぶや》いただけで言葉を止め、後ろの方で完全に気配を殺していた宗流を呼んだ。

「お前は他国の水鏡でも使えるのか」

「使えますよ」

「この水鏡に衣装部屋を映せ」

「承知いたしました。花鈴様、ここからの道順を教えていただけますか？」

進み出た宗流が水鏡に手を翳《かざ》すと、わたしの案内通りに、今いる場所からまるで歩いていくように景色が映し出される。

水鏡が王専用の衣装部屋を映す。室内に誰《だれ》もいないと確認《かくにん》してから、扉《とびら》付近を映して宗流が下がる。

「じゃあ、見張りは俺がするから、花鈴は寝《ね》ろ」

なぜか、わたしだけここで去る流れになって、目を丸くする。

「どうしてそうなるの。わたしがせずに、紫苑だけに任せるのは違《ちが》うでしょ」

「朝までだぞ。日中は神子の仕事もあるんだろ？」

「紫苑も日中協力してくれてるし、やることもあるでしょ。一人でやるなら、わたしがするべき」

わたしの絶対に譲《ゆず》らないという態度に、折れないと感じたのか、紫苑が引き下がった。

「分かった。だが、花鈴が一人で見張るのはなしだ。俺もする」

紫苑もそれだけは譲らないとばかりに言う。

わたしは紫苑の退く気のない目を見つめて、頷いた。このままどこまで続くか分からない主張をし合って時間を無駄《むだ》にする方が問題だ。わたしと紫苑は水鏡に向き直る。

二人とも水鏡を注視して黙《だま》ると、あっという間に静寂《せいじゃく》が漂《ただよ》った。水鏡に映る全く変化のない光景を見続けながら、わたしは側の紫苑を意識して、わずかに身動《みじろ》ぎする。紫苑が協力してくれるようになって、会う機会も話す機会も増えたけれど、中身は調査に関することがほとんどだ。こうして、紫苑と一緒にいて、静かな時間を過ごすのは前世以来になる。

思考の中で、隅《すみ》に追いやっていた戸惑《とまど》いと居心地《いごこち》の悪さが顔を出す。

紫苑は、わたしの身に何かあって悲しむのは弟だけじゃないと言った。わたしが危険な目に遭《あ》うことを心配し、失うことを恐れ、幸福を願う者がいることを覚えていろと。そしてそれは、紫苑のことなのだ。

どうして、と思う。どうして問いかけに何一つ答えないことを許して、協力してくれて、わたしの身を案じてくれるの。わたし自身も分かっていないわたしの幸せなんて、願えるのだろう。

紫苑の隣《となり》で、気づかれないように、わたしは拳《こぶし》をぎゅっと握《にぎ》り締めた。

夜通し見張りを行ったが、衣装部屋の扉は一度も開くことなく朝を迎《むか》えた。

夕方頃《ごろ》、恒月国用の滞在《たいざい》宮で一日の調査結果をまとめる。

「……儀式《ぎしき》服の件で今一番怪《あや》しいのは女官よね」

「ああ。元々儀式服が偽《にせ》の時点で本物の神子だとは思っていなかったが、神子を装《よそお》った者がいたかさえ疑わしいからな」

わたしたちは『儀式服を届けた神子』の存在を疑っていた。

西燕国の神子はわたしを含《ふく》め、全員が雪那の側に何度もいたことがある。雪那の側にいる者にとっては、数少ない神子の顔は印象に残るはずだ。そのため異なる顔が交ざれば分かるはずで、恒月国の神子を捜《さが》しているという名目でこの国以外の神子を見なかったかと聞き回ったところ、出て来た証言は一緒《いっしょ》にいた宗流のことのみだった。それ以外には見ていないという。神子の服を着て、神子を装った者の目撃《もくげき》情報は出てこなかった。

その神子がいないとすれば、次に疑うべきは――。

そうしてこれからの方針を話し合って、休憩《きゅうけい》にお茶を飲んでいたところまでは、覚えている。

わたしは目を開いた。ここはどこだろう。ぼんやりと見えた景色は、神子になってから寝起きしている部屋ではない。ここは……ぼうっとしたまま目を動かすと、紫苑がすぐ側にいた。片手に紙を持っているようで、顔全体は見えない。

どうやらわたしはなぜか紫苑の膝《ひざ》に頭を預けて、横になっているようだった。経緯《けいい》を全く思い出せないのは、眠気《ねむけ》に負けそうになっているからか。休憩していて、そのまま寝た？

紫苑は持っている紙を読んでいるらしく、わたしが目を開けたことにもまだ気がついていないようだ。

「花鈴様、起きる様子ないですか？」

宗流の声がして、慌《あわ》てて目を瞑《つむ》る。

「疲《つか》れているんだろう。しばらく寝かせておいてやろう」

自分で夜通し見張りをすると言っておきながら、次の日に居眠りしてしまうなんて……。恥《は》ずかしくて、起きていると言い出せなかった。

紫苑の体力はどうなっているのだろうか。普通《ふつう》の人とは一線を画す身だとしても、別に睡眠《すいみん》や食事が必要ない体というわけではないのだ。

けれど紫苑には、眠そうな様子など一切《いっさい》ない。

「昔、俺が来るのを待っている間に、のんきに昼寝していた姿を思い出す。……あんな時間がまた、この手に戻《もど》って来るとはな」

吐息《といき》交じりの声は小さかったが、すぐ近くにいるわたしにははっきり聞こえた。切なげな声色《こわいろ》に、わたしは息を潜《ひそ》める。

「……一つ、伺《うかが》っておきたいことがあるのですが」

宗流の声がしんとした室内に響《ひび》く。真剣《しんけん》な雰囲気《ふんいき》に、紫苑が「何だ」と促《うなが》す。

「万が一花鈴様に振《ふ》られたとしても、二百年前に睡蓮様がお亡《な》くなりになったときのような事態になるのはごめんですよ」

二百年前、わたしが死んだとき。その言葉にどきりとする。

「胸倉摑《むなぐらつか》みあげて説教なんて柄《がら》ではないので、もうしたくないです」

宗流が紫苑の胸倉を摑みあげて説教？　想像できず、一体どんな状況《じょうきょう》だと困惑《こんわく》する。

「ならない」

「そうですか。まあ、なっても次こそそのままにしておきますからね。何も手につかずに、挙句の果てに国の政治が止まりかけたんですから、一神子には何度も手に負えません」

国の政治が止まる？　恒月国の？　紫苑の持つ紙が、わずかに深く皺《しわ》を刻んで微《かす》かに音を立てた。

「言ってろ」

紫苑が鼻で笑い飛ばした気配がしたが、わたしは動揺《どうよう》していた。

不意に、宗流に言われたことを思い出した。前世のわたしが死んで、紫苑が変わったところがある。わたしもまた、紫苑を知らない、と。

わたしは、前世のわたしの死後、紫苑がどんな様子であったのか知らない。再会してからも、わたしは自分が傷つくのを恐れるばかりで、紫苑の気持ちをきちんと知ろうとしていなかったからだ。紫苑は知ろうとしてくれているのに、わたしは……。

「どうせ、今はそれ以前の問題だ。花鈴は、今弟のことで躍起《やっき》になっている。俺の手でどれだけ幸せにしたくても、花鈴が幸せになるためには弟の平穏《へいおん》が必須《ひっす》だ。全てはそこからだ。……以前のような終わりが来ないように、花鈴が幸せに生きられるといい」

率直《そっちょく》な言葉からは、わたしのために、という想《おも》いが痛いほど伝わってきた。再会して、想いを告げられて、それだけでは終わらずに、紫苑がわたしのことをどれだけ大切に思ってくれているかを思い知らされる。その度《たび》に、わたしは心を揺《ゆ》さぶられる。

宗流が「時間になったら来ますね」と言い残して退室し、わたしはそっと口を開く。

「……紫苑」

小さな声で呼ぶと、顔を隠《かく》していた紙がすぐにどけられ、紫苑の驚《おどろ》いた顔が覗《のぞ》いた。

「ごめん、起きてた」

身を起こし、紫苑の隣に座り直す。たった今起きたとは言えず、かと言ってそれ以上何と続けていいかも分からずに、沈黙《ちんもく》が落ちてしまう。

「……何か、聞いてたか？」

わたしの様子がおかしいと感じたのか、紫苑はそう聞いた。

紫苑の真剣な目に、わたしは心を決めた。一度だけ、聞こう。それで紫苑が言いたくないと言うのであれば、わたしもそれ以上聞かずにいよう。

「……宗流が、わたしが死んだとき、恒月国の政治が止まりかけたって。紫苑が何も手につかなくなったって」

紫苑は決まり悪そうにわたしから視線を逸《そ》らし、髪《かみ》をかき乱した。紫苑から視線を逸らされたのは初めてで、わたしは急に心もとない心地《ここち》になる。

「わたしには、聞く資格、ないかもしれないけど。紫苑が、わたしのことを、そこまで思ってくれていたなんて、知らなくて……」

自分は答えないくせに、知りたがるのはあまりに我が儘《まま》なのかもしれない。それでも一方でこうも思うから。紫苑の二百年を知ろうともせずに、わたしが拒絶《きょぜつ》する資格もない、と。

「そんな顔するなよ」

手が伸《の》ばされて、優《やさ》しく頭を撫《な》でられる。紫苑は口の端《はし》を吊《つ》り上げて笑っていた。でも、いつものような力強い覇気《はき》はない。

「別に隠していたわけじゃない。しっかりしろって言われそうな、情けない話だから自分からは言いたくなかっただけだ」

紫苑の手が、わたしから離《はな》れる。

「二百年前、睡蓮が死んだときしばらく何も手につかなかったっていうのは本当だ」

微かな笑《え》みさえ消し、紫苑は話し始めた。わたしは膝の上で両手を握り締《し》め、話に耳を傾《かたむ》ける。

「当たり前のようにこの先も続くと疑わなかったお前といる時間がもう手に入ることはないと知って、後悔《こうかい》した。最後に会ったとき帰さなければ良かった。伴侶《はんりょ》になれなくても互《たが》いに王だから長い時間を過ごしていける……それで十分だと自分に言い聞かせずに、想いを伝えていれば良かった。何より、俺が『いつも通り』の生活に戻ったとして、お前はもういない。この先いくら待っても、お前はもう俺の国を訪《おとず》れることはない。俺が西燕国に行こうと、お前はいない」

微かに、紫苑の声が震《ふる》えたように聞こえた。

「最後に見たお前の遺体が頭から離れなかった。それでも俺はお前が死んだと認めたくなかった。——お前がもうこの世にいないと認めてしまうことが、怖《こわ》かったんだ」

わたしは、ひゅっと息を吸い込んだ。指先が冷たくなる。

前世のわたしの遺体を見てしまったのか。王の遺体は内界にて処理されると聞いていたけれど、間に合わなかったのか。

紫苑の気持ちが、その苦しそうな声から伝わってくるようで、呼吸がしにくくなった。

「そんなときに宗流に叱《しか》りつけられたわけだ。『何のために国を治めているのか』『睡蓮のための国を作っていたのか』。あいつはああ見えて、怒《おこ》るとすごい剣幕《けんまく》でな……目が覚めた。俺は、俺の国の民《たみ》のために王として国を治めている。無理矢理《むりやり》にでもお前が死んだことを受け入れて、お前がいない『いつも通り』の生活に戻った」

紫苑が、わたしの目を覗き込む。生まれ変わったわたしを、眩《まぶ》しそうに目に映す。

「でも、お前を忘れることはなかった。できなかった。俺はお前のために生きていたのではないとしても、お前は俺にとってかけがえのない存在だったからだ」

紫苑は、わたしに微笑《ほほえ》みかけた。

「二百年間、ずっと考えていた。俺は、睡蓮がなぜ死を選んだのかが分からない。自死できないはずの王がどうして死ねたのか、それはいい。問題は自死したのならこの世にいたくなかった理由があったということだ。ただの俺の考えだ。もちろん、違《ちが》う可能性だってある。だがそう思うから、俺は、今のお前がこの世からいなくならないように幸せに生きてほしい。今度こそ望むように生きてほしい」

二百年、わたしのことを想い続けてくれていたという人が、それが彼にとって当然であるかのように言う。

「弟の幸せは花鈴にとって絶対だろ？　なら、俺は花鈴の幸せのために弟の障害を取り除く」

胸が熱くて、仕方がなかった。胸に抱《かか》える罪悪感がなければ、きっと泣いてしまっていた。けれどわたしにそれは許されない。

「……ありがとう、紫苑」

わたしには、それしか言えなかったけど、紫苑は「礼はいらない。俺の勝手だ」と笑って言った。

翌日の夜も人気《ひとけ》が失《う》せた神子の宮で、わたしと紫苑は水鏡を覗いていた。

水鏡を注意深く見つめながら、わたしは隣《となり》にいる紫苑を意識する。戸惑《とまど》いや、どことなくあった居心地《いごこち》の悪さはもうない。

昨日、紫苑の話を聞いてから、心が重かった。わたしの幸せ……わたしの秘密。幸せが、望みを叶《かな》えるということなのだとしたら。二百年前、前世のわたしには叶わなかった望みがたった一つだけある。

そのとき、水鏡に変化があった。

「紫苑」

考え事を打ち切り、わたしは思わず立ち上がる。水鏡に映る扉《とびら》が開いたのだ。そして、周囲を警戒《けいかい》しながら誰《だれ》かが入ってきた。顔は布で隠されており、窺《うかが》えない。体格からすると、おそらく女だ。儀式《ぎしき》服を持ってきた神子は男だと聞いていたが、これは――。

「見るからに怪《あや》しいな。当たりか」

わたしと紫苑は自然と声を潜《ひそ》めて、女の動きを見守る。衣装《いしょう》部屋に侵入《しんにゅう》を果たした人物は灯《あか》りを手に、迷う素振《そぶ》りを見せずさっと一つの引き出しを開けた。儀式服が仕舞《しま》ってある引き出しだ。仕舞われている場所を知っていたのだ。

女は服の袖《そで》を引っ張り出し、灯りを翳《かざ》した。針がないことを確認《かくにん》したのだろう。袖から手を離し、胸元《むなもと》から折り畳《たた》まれた紙を取り出し広げる。紙に包まれていたものは小さすぎて見えないが、確かに女は何かをつまんで、服の袖を再び手に取った。

もう十分だ。

「宗流――」

水鏡に映されている場所に移動したい。水鏡の間の外で見張りをしてくれている宗流に、そう伝えようとした。

「こっちの方が早い」

紫苑にぐいっと手を引かれ、抱《だ》き留められた。そのまま体が重くなるような感覚に包まれ、瞬《まばた》きの後には衣装部屋の中に立っていた。神秘の力による移動だ。

微《かす》かな着地の音に、さっきまで水鏡越《ご》しに見ていた人物が振《ふ》り向いた。布で覆《おお》われていない目が見開かれ、直後女は扉に向かって走り出した。

逃《に》げるつもりだ。——絶対に逃がすものか！

わたしは女と扉の間に飛び出した。一直線に向かってくる女の手には小さな針があった。毒針かもしれない、と頭を過《よぎ》りまずいと思ったが、女はすぐそこまで迫《せま》っていた——わたしの前に広い背が現れた。同時に、毒針を持つ女が飛び込んでくる。

「紫苑！」

危ない！　とっさに手を背に向かって伸ばした。が、瞬きの間のことだ。確かにこちらに向かって強行突破《とっぱ》を図《はか》ろうとしていた女は、紫苑によって床《ゆか》に組み伏《ふ》せられていた。床に叩《たた》きつけられた衝撃《しょうげき》で持っていられなかったのか、針は床の上に落ちた。

「え……すごい」

「感心してる場合か！　飛び出すから焦《あせ》っただろうが！」

「ご、ごめん」

紫苑からの剣幕にわたしは反射的に謝った。

抜《ぬ》け出そうと女がもがいたが、びくともしない。紫苑は片手で女の両腕《りょううで》を背後に拘束《こうそく》し、布をはぎ取り、顔を露《あら》わにした。長い黒髪《くろかみ》が流れ落ち、きりりとした目つきの女がわたしを見上げた。

「珠香」

知っている顔だった。

「神子から儀式服を受け取ったと言った例の女官だな。今、ここにいる理由を説明してもらおうか」

「……」

珠香は、言い訳しようとはせず、口を引き結んで黙《だま》り込んだ。何を言っても、顔を隠《かく》して逃げようとしていた怪しい行動はなかったことにはならないからだろうか。

わたしは開けっ放しの引き出しに歩み寄り、袖が飛び出している服が偽《にせ》の儀式服だと確認した。そして、床に落ちている小さな針を直接触《さわ》らないように、用意していた小さな布で包んで拾い上げた。

この小さな針が雪那の命を奪《うば》ったかもしれないのだ。針を冷たく見下ろしながら、ふつふつと沸《わ》き上がりそうになる怒《いか》りを堪《こら》え、わたしは小さく息を吐《は》く。

「あれは、西燕国王暗殺のための毒が塗《ぬ》られた針だな？」

珠香は、頑《かたく》なに毒針の方を見ようとせずに、やはり何も言わない。

「どうして王を暗殺しようとした？」

黙秘《もくひ》。珠香は何も話す気はないと全身で訴《うった》えていた。

そんな珠香を見下ろし、紫苑は少し考えてからもう一度口を開いた。

「いや、お前自身が企《たくら》んだとは考え難い。お前の父の指示だな」

珠香の父は憲征派の一人、麓進だ。暗殺を企《くわだ》てていたとしても納得《なっとく》できる。

身動き一つしなかった珠香が、初めて反応を見せた。紫苑をきっと睨《にら》みつける。

「父がどんな人か知らないくせに――」

苦しみに満ちた声は、珠香の我《われ》に返った様子と共に途切《とぎ》れた。

「……珠香」

珠香の許《もと》まで戻《もど》り膝《ひざ》をつくと、珠香は今度はわたしを睨んだ。わたしは、静かに彼女に話しかける。

「あなたは神子からあの服を受け取ったと言っていたけれど、神子なんていなかったのね」

神子が見つからないとなったとき、次に怪しんだのが珠香だった。

「儀式服についてあなたに聞いたとき、あなたは不安そうにしていたわ。わたしの質問の意図が分からないから不安なのかと思っていたけど、違うわね。あなたが不安に思ったのは、毒針を仕《し》掛《か》けたことがわたしたちにばれないか」

それだけの不安に苛《さい》まれるようなことを、彼女は誰のために行っているのか。父親の指示だろうと断言されたことに、彼女は確かに怒りを見せた。

「あなたの父が指示したのではないのなら、否定しないと。全《すべ》ての罪が、あなたとあなたの家族に背負わされるわよ。手遅《ておく》れになる前に、ここで聞きたいの」

わずかに声を低くしてわたしがすごむと、珠香の体が震《ふる》えた。

「そんな脅《おど》しなんて、利《き》かないわよ。どうせ殺されるのよ！」

珠香はわたしをよりきつく睨んだ。けれど、彼女の目と表情からは怒りの他《ほか》に悲しみと悔《くや》しさが感じられた。

「あなたたちに何か言ったところで、何が変わると言うの？　私を何事もなかったように逃がしてくれるの？　私の罪をなかったことにしてくれるの？　そんなことしてくれないでしょうね。それなら、何も変わらないのよ。私がここであなたたちに殺されようと、後で殺されようと変わらない。私も私の家族ももう終わり……」

珠香は、感情の昂《たか》ぶりから堪えきれなかったのか涙《なみだ》を流し、それを隠すように顔を伏せた。憐《あわ》れだと感じる部分はあるが、同情はしない。するものか、と思う。

体の震えが収まるまで待って、わたしは「珠香」と呼びかけた。少しだけ顔を上げた珠香は、何の望みもない、光のない目をしていた。

「変わるわ、珠香。あなたが暗殺しなければ、あなたの家族ごと口封《くちふう》じすると脅した人間とわたしは違《ちが》う。あなたは優《やさ》しい子ね、珠香。あなたは身を挺《てい》して家族を守ろうとして、暗殺に手を染めたのね」

珠香が絶望したのは、自分の失敗によって自分のみならず、家族が死に至ると口にした瞬間《しゅんかん》だ。彼女は家族を人質《ひとじち》に取られている。

「残念ながら、王の命を狙《ねら》ったあなたの命が助かるかどうかは断言できない。でも、家族の命は助けられるわ。わたしたちが、首謀者《しゅぼうしゃ》を捕《つか》まえることができたら」

わたしは、珠香に尋《たず》ねる。

「誰の指示で暗殺を仕組んだの？」

珠香を拘束し、一旦《いったん》恒月国用の滞在《たいざい》宮に置いてもらうことにした。

「懐柔《かいじゅう》失敗ね」

紫苑の私室に戻って来たわたしは、苦笑《くしょう》した。紫苑も同じ表情だ。

「脅しも懐柔も失敗。そう信頼《しんらい》するわけにはいかないんだろうな。信頼して俺たちが失敗すれば、口封じどころか死ぬよりひどい目に遭《あ》う可能性がある。こっちがうまくやる保証がなければ説得は難しい。敵としては良い配役にしたなと褒《ほ》めたいくらいの態度だ」

「でも、実行犯を捕まえられたのは収穫《しゅうかく》。実体の摑《つか》めなかった『儀式《ぎしき》服を届けた神子』の正体を暴《あば》こうとするより、神子の存在を証言した珠香を疑って正解だった」

雪那を良く思っていない臣下、厨房《ちゅうぼう》の者、官人、衛兵、誰でも実行犯の可能性があった。

「珠香の父の麓進は確かに憲征派だけれど、彼が進んで雪那の発言を否定するような場面は会議でも見たことがないわ」

　紫苑が椅子《いす》に座るのに続いて、わたしも座る。

「蛍火の方で何か摑めればいいけど」わたしたちはまず、朝になる前に珠香のことをどうするか考えなくちゃいけない。

「明日姿がなければ、怪《あや》しまれるだろうからな」

「ええ」

「どうする？」

　明日珠香が仕事に戻らなければ、珠香を脅している何者かが珠香が下手を打ったと捉え、彼女と彼女の家族に危害を加えるかもしれない。また、珠香が捕まったと取られれば、警戒《けいかい》されかねない。

「このまま珠香を説得できなくても、朝になる前に彼女は解放する。その上で明日、儀式服が偽だったことと一緒《いっしょ》に、神子を装《よそお》って届けられたそれに毒針がしかけられていたことも公表しましょう。……珠香に誰《だれ》かが接触《せっしょく》して来る可能性が高いわ」

　わたしは紫苑を真っ直《す》ぐ見て、言い切った。反対意見はあるかと問う視線に、紫苑は首を横に振《ふ》り「分かった」と言った。

「女官の処遇《しょぐう》は決まったな。問題はまだあるが、その前に話がある」

　紫苑の声が少し、低くなった。あまりいい予感のしない声に、思わず居住まいを正す。

「あの女が扉《とびら》から逃《に》げようとしたとき、飛び出したな」

「え？　ああ……気がついたら体が動いてた」

あのときのことか、と何気なく答えたけれど、紫苑を見て「あ、まずい」と思った。

「――自分の身を大切にしろと、俺は言ったつもりなんだがな」

押し殺した声で、紫苑は言った。彼は怒《おこ》っていた。

「逃がしたくない気持ちは分かるが、危《あや》うく死ぬところだったぞ。自分の命の優先順位を下げるような行動は止《や》めろ」

真正面から紫苑はわたしを諭《さと》した。けれど、言葉は冷静でも、声にはありありと怒りが滲《にじ》んでいた。

紫苑は心配してくれたのだと、言葉の端々《はしばし》から感じた。わたしは、自分の命を他人と比べてどうなってもいいとか、自分より他人を優先している意識はなかった。けれど、無意識の行動を指摘《してき》されて自覚する。それではいけないのだ。

「……気をつける」

一言、言うだけで精いっぱいだった。

「そうしてくれ。俺にとっては心臓に悪いどころじゃない。焦《あせ》った」

紫苑は、和《やわ》らいだ声で言い、おもむろにわたしを抱《だ》き寄せた。

「……本当に、二度とごめんだぞ」

頭上で深く息が吐《は》き出される。安堵《あんど》の混じるその声を聞き、わたしは紫苑に身をゆだねた。

「ごめん、頭に血が上ってた」

「……花鈴も怒るのか」

「怒るわよ」

わたしは微《かす》かに笑い、答えた。そんな意外そうに言われることではないだろう。人間誰しも持っている感情だ。

「俺は見たことがない」

「紫苑、わたしを怒らせるようなことした？」

「説教されたことは一回だけあるけどな」

「説教は場合によって怒《いか》りとは別よ。家族の命を奪《うば》おうとしている犯人がやっと目の前に現れたと思ったら、正常な判断なんて簡単に奪われる」

わたしのその言葉に、紫苑は「ああそうだな」と低い声で言った。昔の自身の経験を思い出したのかもしれない。

「……紫苑」

紫苑にきちんと言っておかなければ。わたしは微笑《ほほえ》みを消し、紫苑を見上げる。

「わたし、自分の命をどうでもいいとか、死んでもいいとか思っていないけど、弟を絶対に守りたいから、危機が迫《せま》ればわたしはきっとあの子の前に飛び出すわ」

これぱかりは理性ではどうにもできない。紫苑は仕方がないという風に頷《うなず》いた。

「なら、弟を守ろうとするお前は、俺が守ることにする。絶対に、お前には傷一つつけさせない」

優しい笑《え》みを浮《う》かべた紫苑の手に、頬《ほお》を撫《な》でられる。

胸がくすぐったいような心地《ここち》になる。

――わたしは、やっぱり紫苑が好きだ。

前世のときから胸の奥に押し込めていた想《おも》いが蘇《よみがえ》り、溢《あふ》れ出す。もう、紫苑に隠《かく》し事なんてしていたくない。

そんな思いに駆《か》られ、わたしは口を開いた――けれど、左肩《ひだりかた》の辺りが熱くなって、言おうとしたことは一つも声になってくれなかった。どうしてと思いながら、不意の熱に左肩を押さえたところで、その下に神子の印があるのを思い出した。

「花鈴、どうした?」

さっと表情を硬くしたわたしを、紫苑が心配そうにする。

「――ちょっと、珠香について考えていて」

とっさに誤魔化《ごまか》したけれど、内心は今頭から抜《ぬ》けていた事実に、気分が落ち込んでいた。

そうだ、わたしは蛍火と取引をしたのだ……。

り蛍火が映る。

俯《うつむ》いていると、胸元《むなもと》の鏡が光り始めた。紫苑から少し離《はな》れ、急いで取り出すと光が収ま

「……あ」

『花鈴様、例の邸《やしき》の件で報告があります。今からそちらに向かっても？』

「分かった」

まずは目先の事を片付けるのが先決だ。たった今までの思考を頭から振り払《はら》い、紫苑を見ると、紫苑にも声は聞こえていたのだろう、首肯《しゅこう》した。

直後、側《そば》に丸く水面が広がり、蛍火が現れた。

「当たりでしたよ、花鈴様。お望みの報告ができるかと思います」

笑顔で、蛍火は折り畳《たた》まれた紙を胸元から取り出し、机の上に広げた。わたしと紫苑は、紙を覗《のぞ》き込む。いくつかの黒い×印がつけられたそれは、この国の地図だった。元はと言えばわたしが蛍火に渡《わた》したものだ。首都に到着《とうちゃく》していない臣下と、二つの派閥《はばつ》の中心人物の領地が記されている。

それに加え、朱色《しゅいろ》の矢印が何本も引かれている。これはどの邸からどこへ使者が送られたかを示すものだ。その矢印を追うと一つの邸に辿《たど》り着き、そこには朱色の×印がつけられていた。

実は珠香が怪しいと考えた時点で蛍火に麓進についていて調べてもらっていたのだが、彼は

何者かと密会していた。その相手が戻《もど》った先だ。

「ずっと大本の使者がどこから来ているのか分からなかったのですが、追加で指示のあった者の邸でした。そして、これが今日手に入れた書簡です」

蛍火が新たに取り出し、地図の横に広げた紙には、『即位式《そくいしき》での決行を視野に入れる。急ぎ首都に来い』と記されていた。文面を見て、自分でも表情が険しくなるのが分かる。

「武器も集められているようでした」

「首都に向かう一行が、私兵の一行かもしれないわけね」

即位式に大規模な反乱でも起こすつもりなのだろうか。

「まだ即位すらしていない王に、反乱の準備とは穏《おだ》やかじゃないな」

「本当に」

ここまでとは思っていなかった。珠香の前では堪《こら》えていた感情が破裂《はれつ》しそうになる――

いや、破裂した。

「即位式での決行を視野に入れるってことは、まだその前に仕掛《しか》けてくる可能性があるな」

「……その機会、こっちから提供してあげようか」

思っていたより、ずっと冷たい声が出た。わたしの表情を見て、紫苑がはっとした顔をする。今のわたしは恐《おそ》ろしいほどの無表情だろう。蛍火が、「少し落ち着いてください」と言った。

せてですか？」

「いいえ、怒っていらっしゃるでしょう。弟君のためですか？　ご自分の経験に重ね合わせてですか？」

にこりと微笑んで答えてやったが、反対に真顔で問う蛍火にはお見通しのようだ。普段《ふだん》でさえ見通されるのだ。こんなお粗末《そまつ》な状態で隠しきれるはずがないか。

大人しく、深呼吸でもして感情を落ち着けることにした。そうして頭の熱が少しずつ抜けていった頃《ころ》に、紫苑が何か問いたげな視線をしていると気がつく。

「わたしもね、即位前に暗殺されかけたことがあるの」

単純な話だ。ありふれた話なのかもしれない。

「雪那の状況《じょうきょう》は、本当にわたしのときとよく似ているのよ」

蛍火の問いに答えるとすれば、どちらも、だ。前世のわたしも農民出身で、悪政を布《し》くどころか、即位もしていないときから期待されないばかりか、胡乱《うろん》な目を向けられた。それでもどうにかあがこうとしていたときだった。毒を盛られ、気がつけば寝台《しんだい》の上にいた。

その日からしばらく、わたしは寝台の上で丸まって動けなかった。一人で孤独《こどく》なばかりではなく、命を狙われた衝撃と恐怖に体を蝕《むしば》まれた。怖《こわ》くて、怖くて、どうして自分がこんな目に遭《あ》わなければならないのかと一人で泣いた。部屋から出られるようになってからも、誰《だれ》も信じられない日々は続いた。蛍火さえ、まだ信用していなかった時期の話だ。

「何も悪いことをしていない人を理由も明かさず苦しめて、殺そうとする人間の考えって理解できないのよね」

千年生き、本音を隠す数々の臣下と渡り合い続けても。なぜなら、

『『わたしたち』は人が幸せになれるよう国を作ってきたのだから、その思考回路は理解できない。そして今は姉として、弟の命を狙った犯人を許すわけにはいかない」

落ち着いた表情で、わたしは紫苑と蛍火を見上げる。

「紫苑、蛍火」

わたしの個人的な願いに、何度も協力をしてくれた二人。感謝してもしきれない。

どうか、もう一度だけ力を貸してほしい。

「これが最後になる。わたしの作戦に、協力してくれる？」

二人はほぼ同時に躊躇《ためら》いなく頷いた。

五章

即位式がいよいよ明日に迫り、今夜は宴《うたげ》が開かれる。雪那の周囲では神子が最終確認《かくにん》を行っており、女官達が髪飾《かみかざ》りなどの話をしていて浮《うわ》ついた空気を感じる。

しかし、会議の場だけは浮ついた空気に染まらない。居並ぶ重臣の面々を前に、雪那が口火を切る。

「先日話した地方の役人の任期についてだが」

ほぼ全員の臣下が、良い顔をしなかった。

雪那が言っているのは、地方の小さな町や農村で、税の徴収《ちょうしゅう》や治安を取り締《し》まる役目にある役人の任期についてだった。現在の体制では、余程《よほど》の事情があるか、自分から辞職しない限り死ぬまで役目に就《つ》くことができる。雪那はこれに数年の任期をつけ、任期中の評価によって続投するかどうかを決めようと言った。

実は、五年ほど前に地方の役人が税を不当に多く徴収し、国にはそれまでと同じだけの額を納め、残りを自らの懐《ふところ》に入れていた事件があったと雪那は記録を見て知ったのだ。

「その件については、まだ判断するには難しいかと。今ある制度を廃《はい》しての新たな制度の制定は影響範囲《えいきょうはんい》も広大です。それに、民《たみ》の評価も判断に含《ふく》めるというのは……」

叡刻が困ったような表情で、同意を求めるように周囲を見た。何人かの臣下が首肯する。

「役目を正確に知っているかも分からない民に正確な判断ができるとは思えませんしな」

ある者はそう言って、取り合おうとさえしない。

「陛下、適切な者が国を変える権利を持つのです。その軸《じく》をぶれさせてはなりません」

叡刻は、雪那を諭《さと》すように言った。

雪那は「私も全《すべ》てを一気に変えようとは思っていない。調整が必要だと認識している」

と言ったが、会議の風向きはそのまま変わらなかった。

臣下たちは、雪那の変化に気がついている。知識がないところは割り切り、次の機会に判断を見送ることも気に病《や》まない。その場で質問することも増えた。何よりの変化は、雪那自身が、今国にある制度について自分で調べ、問題点を指摘《してき》し、政策を提案したことだ。

わたしも雪那も最初からすんなり賛同されるとは思っていなかったが、案の定臣下達は各々《おのおの》露骨《ろこつ》に、もしくはやんわりと制度の提案を先送りにしようとしている。

会議が終わり、わたしは四人の文官達に近寄っていく。

少しも怪《あや》しまれてはならない。開いた口の中が乾《かわ》いていて、一度唾《つば》を飲み込んでから声を出した。

「叡刻殿《どの》、少しよろしいですか？」

「これは神子殿」

叡刻が振《ふ》り向き、わたしと見るや微笑《ほほえ》んだ。

「どうされましたか？」

「これに署名をいただけませんか？」

わたしが差し出した紙に、叡刻が「これは？」と聞いてくる。

「即位式に際して、民の代表として陛下の身近に仕える方の署名をもらい、内界での儀式《ぎしき》の際に燃やして天への報告にするんです」

こんなところですみませんと言いながら紙を机に置き、硯《すずり》と筆を置く。

「それはそれは、宰相《さいしょう》である叡刻様の署名は必須《ひっす》でありましょうね」

共にいた憲征が叡刻をちらりと見ると、叡刻は「分かりました」と筆を手に取る。

「憲征殿もこの後にお願いいたします。各部の長官にいただくことになっています」

「なるほど。……承知いたしました」

叡刻が署名する様子に目を向けながら、憲征は渋々《しぶしぶ》といった様子をちらつかせて頷《うなず》いた。

二人の署名をもらった後、わたしはお礼を述べ、紙を回収してその場を後にした。

廊下《ろうか》を歩きながら、笑顔《えがお》をすっと消して手にした紙を見る。疑われた様子はない。国の民を代表して重臣に署名をもらうなど嘘《うそ》だ。筆跡を得るための口実に過ぎない。

「……書簡の字は、これか」

蛍火が入手した書簡の字と同じ筆跡《ひっせき》を冷めた目で見て、紙を小さく折り畳《たた》んで胸元《むなもと》に仕《し》舞《ま》いこんだ。

朝から、心臓が落ち着かない。心なしか、いつもより鼓動《こどう》が速い気がするほどだ。紙を仕舞った手で胸元を叩《たた》き、前を見据《みす》える。

――さあ、始めましょう。


太陽が空から姿を消し、王宮中に火が灯《とも》り始めた頃、宴が始まった。

西燕国の臣下達が、今日の主役である他国の使者を接待する。

宴の場には各国の使者達が残らず集まり、振る舞《ま》われる酒や料理に舌鼓《したつづみ》を打つ。会場の最奥《さいおう》の一番高いところに設けられた席では、雪那と紫苑が並んで座り、話している。雪那はお酒に慣れていないこともあって紫苑には勧《すす》めないように頼《たの》んでいるので、手にした杯《はい》に満ちるのはただの水だ。紫苑の方は酒のはずだが、酒には強いので数杯飲んだところで酔《よ》わないだろう。

微《かす》かに二人の話し声を耳に入れながら、わたしは少し離《はな》れたところに控《ひか》え、会場全体を見ていた。

「私はここで失礼いたしますが、恒月国王は引き続きお楽しみください」

日付が変わる頃《ころ》、雪那が紫苑にそう言い、席を外す。

明日の朝、雪那は王になる儀式のために内界へ行く。その前に今晩祭壇《さいだん》の間で祈《いの》りを捧《ささ》げ、身を清める必要がある。

雪那が宴の会場を出るのに合わせ、わたしもそっとその場を後にする。会場に背を向ける寸前、紫苑が一瞬《いっしゅん》わたしを見たので、微かに頷きを返した。

部屋へ戻《もど》ると、雪那は着替《きが》えたあと、瑠黎の先導に従い、祭壇の間へ向かう。宴の場とは遠く離れた祭壇の間へ向かう廊下には人気《ひとけ》が少なく、しん、としていた。夜中とあって、少しだけひんやりとした空気が漂《ただよ》う。

祭壇の間に着くと、衛兵が扉《とびら》を開く。壁《かべ》にかけられた灯《あか》りが、誰《だれ》もいない室内をぼんやりと照らしていた。今から数刻の間、雪那は祭壇の間に一人で籠《こも》る。開けられた扉の脇《わき》に瑠黎が退き、雪那だけが室内に足を踏《ふ》み入れる。

雪那が室内を進む後ろで、神子は頭を下げ、頭を上げたときには扉は閉まっていた。神子は神子の宮で待機することになっている。瑠黎に続いてその場を離れる足が重かった。床から引きはがすように足を動かし、扉から目を離した。どうか、無事に終わりますように。上手《うま》くいきますように。そう祈りながら、祭壇の間の前を後にする。

わたしは、神子の宮には向かわず、祭壇の間の隣《となり》の部屋に入った。胸元から鏡を取り出し、小さな声で呼びかけると蛍火が映る。

「動き出した？」

『はい。計画通りです』

「じゃあ、こっちも計画通りに始めるわ」

『お気をつけて』

「蛍火こそ」

真剣《しんけん》な表情の蛍火に言い返すと、鏡の向こうで一礼し、蛍火の姿が消える。ただの鏡に戻ったそれを仕舞い、暗い部屋で壁にもたれかかる。そのままわたしは目を閉じ、時が来るのを待った。

息を潜《ひそ》めて待つ時間は、永遠のように感じられた。じっとしていればいるほど湧《わ》き上がりそうになる不安を懸命《けんめい》に抑《おさ》え、ひたすらに待った。

かちゃん。微かな音が聞こえ、わたしは目を開いた。でもまだ動かない。耳を澄《す》ますと、扉が開く音がして――

「お前！　何をしている！」

はっきりとした声がした。

「陛下！」

「刃物《はもの》を持っているぞ！　医者を呼べ！」

「取り押さえろ!」

大きな足音が聞こえ、しばらくすると人が増えた気配がし、わたしはようやく部屋を出た。医者、という声が頭の中で反響《はんきょう》し、知らず知らずのうちに一刻も早くと早足になる。

祭壇の間に着くと、早くも人が集まってきていた。

「誰かが、陛下を襲《おそ》ったらしい」

「刃物で切り付けたって……」

人の隙間《すきま》を縫《ぬ》いながら前へ前へ進むと、祭壇の間の中が見えた。奥の方で、雪那が側《そば》に立つ衛兵に何か言っている。どうやら怪我《けが》はしていないようでほっとした。走って来た医者が着き、大事ないと診断《しんだん》されて、室内の雰囲気《ふんいき》が一旦《いったん》落ち着いたように感じられた。そのときには、祭壇の間の外には官人や衛兵が集まっていた。ひそひそとした声は聞こえても、場は静かだった。

雪那は青ざめた顔をする衛兵に外へ促《うなが》されるのを手で制し、その場に留《とど》まり、真っ直《す》ぐに前方を見た。白い喉《のど》が上下し、息を吸う。

「珠香」

雪那が、女官の名前を口にした。

声は、祭壇の間の外まで届き、集まっていた者たちは王から離れた場所で取り押さえられている者が誰かを知った。「まさか……」「麓進殿の娘《むすめ》がなぜ」という声も聞こえる。

床《ゆか》に取り押さえられている珠香を起こしてやるようにと雪那が言い、体を起こすと共に顔が見えるようになった。拘束《こうそく》されたときの影響《えいきょう》か、乱れた黒髪《くろかみ》から疲《つか》れた顔が覗《のぞ》く。

王の側に仕える女官が、王の暗殺を謀《はか》った。しん、とその場が静まり返った。

「なぜ、私を襲った」

雪那が、珠香に問いかけた。

珠香は床を見つめたまま、口を開かなかった。

わたしは集まった者達の中に捜《さが》していた姿を見つけて、祭壇の間の中に目を戻した。そして、そっと口を開く。

「そういえば、これまでに料理に毒が入っていたことや陛下の服に毒の塗《ぬ》られた針が仕掛《しか》けられていたことがありましたね」

場にいる者達が、一斉《いっせい》にわたしの方を見た。同時に、わたしの言葉で今起きた出来事だけでなく、今日までに起きていた暗殺未遂《みすい》について思い出したようだった。

「それもあなたの仕業《しわざ》？　珠香」

その言葉に、場を傍観《ぼうかん》する者達の目が珠香を注視する。珠香は、周りの疑いにまみれた視線に硬直《こうちょく》し、青ざめた顔で床に視線を張りつけていた。

「あの……」

また沈黙《ちんもく》が落ち、わたしが再度話し始めようとしたところで、控えめな声がした。振《ふ》り向くと、声の主は小杏だった。

「……どうしたの、小杏？」

普段《ふだん》おっとりした印象の女官は、わたしが促すと、眉《まゆ》を下げて恐《おそ》る恐るといった様子で進み出て来た。

「先日、珠香がこれを落としました」

折り畳まれた小さな紙を、胸元から取り出した。受け取って開いてみると、中には小さな種が一粒《ひとつぶ》入っていた。

わたしは、周りに分かるように匂《にお》いを嗅《か》ぐ仕草をしてみせた。

「……暗殺未遂に使用された毒ね。検死官によると、毒の特徴《とくちょう》として鼻をつく匂いがすると言っていたわ」

「そんなもの知らない！　小杏、あなた——」

わたしの断言を聞き、珠香が驚愕に染まった目で小杏を凝視すると、小杏は怯えたように身を震わせ泣きそうな顔でわたしを見た。

「中身を見ても何か分からなかったのですが、私、毒味役が死んでから珠香の様子がおかしいと感じていて……もしかしてと思ったのですが、聞くのが怖《こわ》くて……」

小杏は袖《そで》で顔を覆《おお》った。鼻をすする音が微かに聞こえたが、……袖の隙間から一瞬見えた顔には一滴も涙は流れていなかった。わたしは「そう」とだけ言い、近くにいた女官に小杏を任せ、毒ののった小さな紙を手に雪那の方を見た。

雪那の黄色の目と目が合う。不安に揺《ゆ》れず、思いのほかしっかりとした目をしていて、内心少し安堵《あんど》した。

「陛下、どうされますか？」

雪那は一度目を閉じた。そして、開いたときにはその目は珠香を見ていた。

「幸い宴《うたげ》ももう終わる頃だ。麓進をここに。そして、くれぐれも他国の使者たちに不自然に思われないように重臣達もここに呼ぶように」

毅然《きぜん》とした声が命じた。


しばらくして、祭壇の間に重臣達が姿を現した。

「これは……何事でございますか、陛下」

急に呼ばれ、さらに到着《とうちゃく》した場の空気の異様さに、叡刻が召集《しょうしゅう》をかけた王に問う。

「明日は即位式《そくいしき》だ。今日で、私の暗殺未遂の件については終わらせておきたい」

最後に衛兵に両脇を拘束された麓進が連れて来られた。雪那に命じられ部屋の中央に跪《ひざまず》かされた彼は、同じく拘束されている娘を目にした途端《とたん》、顔から脂汗《あぶらあせ》を噴《ふ》き出した。

それから諦《あきら》めたのか固く目を閉じた。

雪那が、硬《かた》い表情で麓進に言う。

「あなたの娘が灯《あか》りをつぎ足しにこの場に入り、隠《かく》し持っていた小刀を私に向けた。何か知っているか」

麓進はぎこちなく雪那に目を向けたが、何も答えることなく目を逸《そ》らすように床を見た。

「麓進殿《どの》」

わたしは、麓進の許《もと》まで近づき、声をかけた。顔を上げる気配がないため、膝《ひざ》をついて彼の前に手にしているものを差し出す。

「これを、珠香が持っていたそうです。小杏が珠香が落としたものを拾ったそうで、先ほど渡《わた》してくれました。陛下の毒殺未遂に使用されたものと同じ毒です。どこから入手したかご存じですか？」

ぴくり、と反応したかに思えたが、麓進は口を開かなかった。口をきつく引き結んでいる。その顔から汗は止まらず、流れ続けている。

わたしは、その様子を冷静に見ていた。

麓進には息子《むすこ》が一人、娘が三人いる。彼は子供達を溺愛《できあい》しているという話を周囲から聞いている。珠香は真ん中の娘だ。果たして、麓進は娘だけに罪を着せられるだろうか？

いや、きっとできない。そして自分も関係しているとは言えないから黙《だま》る他《ほか》ないのだ。

「この毒が解毒剤《げどくざい》のない毒だと知っていましたか」

静かな声音《こわね》で、わたしは聞いた。

毒を見つめていた麓進が、一瞬《いっしゅん》の間のあと、弾《はじ》かれたように顔を上げる。

「……その毒は、珠香が落としたと仰《おっしゃ》いましたか」

「ええ」

「それを小杏が拾《つ》ったと」

麓進は追い詰められた者の顔をしていたが、諦めばかりが漂《ただよ》う弱々しいものではなかった。目に、怒《いか》りが燻《くすぶ》っていた。

わたしは麓進に、もう一度「ええ」と肯定《こうてい》を返した。

「珠香が落とした証拠《しょうこ》はありますか？　もしや落としたのを見たという小杏の証言だけですか？　それならば、小杏が元々持っていたものという可能性もあるのでは？」

「――そんな」

驚いた声を上げたのは、室外で顔を覆っていた小杏だ。まさか自分にそのような嫌疑《けんぎ》がかけられるとは思っていなかったのだろう。小杏は、助けを求めるようにある人物を見た。

重臣の中にいる、自らの父親、叡刻だ。

「確かに我が娘は陛下に刃《やいば》を向けました。それは私の命によるものです。しかし毒殺未遂は存じ上げません。毒を盛ったのは、小杏なのではないでしょうか？」

そう来たか、とわたしは顔をしかめたくなったが、堪《こら》える。

「麓進、そのような戯言《たわごと》許されぬぞ」

叡刻が険しい表情で、麓進に厳しく言った。

「麓進が小杏をはめようとしている」

叡刻は周囲に向かって言い、麓進を睨《にら》んだ。

「……私は一度目の毒殺未遂が起きたとき、ずっと彼女と一緒《いっしょ》にいました。毒なんて入れられるはずがありません」

小杏が近くにいる女官に同意を求めると、その女官は「確かにそうです」と頷《うなず》いた。麓進は歯噛《はが》みし、叡刻は鼻を鳴らした。このままではいけない、とわたしは麓進に問う。

「麓進殿、神に誓《ちか》い、あなたの言葉に嘘《うそ》はありませんか？」

真実を言わなければ、わたしはあなたの処遇に関して譲歩《じょうほ》ができない。珠香は『そうした』。麓進はわたしの問いの意図を読み取れず、戸惑《とまど》った目をしたが、その隣《となり》から彼の娘が小声で言う。

「お父様……言って」

娘の方を見て、麓進ははっとし、それから覚悟《かくご》を決めた顔になった。

「……毒殺も、この場での暗殺も娘が実行いたしました」

「ようやく認め——」

「しかし」

叡刻の言葉を遮《さえぎ》り、麓進が続ける。

「それらは、全《すべ》て叡刻殿に家族を人質《ひとじち》に取られ、命じられてしたことです」

麓進の発言で、叡刻に視線が集中する。叡刻は、麓進の唐突《とうとつ》な言葉に不愉快《ふゆかい》そうに顔を歪《ゆが》めた。

「ぬけぬけと……！　一度嘘を言った者が何を言う」

「確かに一度は嘘を言いました。せめて、私の娘《むすめ》に罪を犯《おか》させた報《むく》いにあなたの娘に罪を着せてやりたかったからです。……もっとも、小杏が拾った毒というのは、今夜珠香が下手を打った場合に、毒殺未遂の件も珠香が犯人だとしっかり罪を着せるつもりで小杏が持っていたのでしょうが。毒殺の予定ではないのに、これ見よがしに毒をそのまま持ち歩くほど私の娘は不注意ではない」

麓進は憎悪《ぞうお》が籠《こも》った目で、叡刻と小杏を睨んだ。その視線に、小杏が目を逸らした。

「麓進殿、逃《のが》れられないからと言って、誰《だれ》かに罪を着せようとするのはやめていただきたい。証拠もないので、無駄《むだ》なことでしょうが」

「それはどうでしょう？」

わたしは、麓進の前から立ち上がった。口を挟《はさ》んだわたしを、叡刻だけでなく、麓進も怪訝《けげん》そうに見る。

「実は叡刻殿、あなたにもお聞きしたいことがあるのです」

「何でしょうか神子殿」

麓進に向けたものと同じ顔を、叡刻がわたしに向けた。

「まさか、麓進の発言を信じているわけではありませんでしょうな？」

叡刻の目に苛立《いらだ》ちが見え隠れしている。

「二日前、珠香が会っていた男が叡刻殿の邸《やしき》に出入りしていたようですね。叡刻殿の娘の小杏ではなく、珠香に何の用だったのでしょう？」

叡刻の問いには答えず、微笑《ほほえ》んで問うたわたしに、叡刻は虚《きょ》を衝《つ》かれた表情をした。

「……何のことか分かりませんが、私が送った物を娘の代わりに受け取ってくれたのでは？」

「では、あなたと病気を理由に首都への到着が遅《おく》れていた者達との間で書簡が送り合われ、武器が集められていたことはどう説明するのですか？」

「――は？」

「これはあなたの筆跡《ひっせき》ですよね。この書簡に書かれている内容の意味は何ですか？『即位式での決行を視野に入れる。急ぎ首都に来い』。人目を忍《しの》んで使者が送った書簡と、ひそかに運び込まれる武器。反逆罪に問われるには十分では？」

調査の末、見えてきた事実は、中立の立場と見えていた宰相《さいしょう》である叡刻が実は憲征派の麓進を脅《おど》し操《あやつ》っていたということだった。

取り繕《つくろ》う暇《ひま》を与《あた》えず次々と言い、仕上げに蛍火が手に入れた書簡を取り出して見せると、叡刻は目を見開き「それは……」とうろたえた。

「……何を仰っているのか。勘違《かんちが》いをされているのでは？」

動揺《どうよう》を見せたのは一瞬で、叡刻はなおも、知らないふりをしようとする。ここまで来れば、言い逃れようのない証拠を掴《つか》まれていると悟《さと》るだろうに。これは……。

「どれだけ時間稼《かせ》ぎをしても、あなたが連絡《れんらく》した私兵なら、来ませんよ」

蛍火から足止め成功の連絡が来ていたから。

今度こそ、完全に叡刻の全ての動きが止まった。何を言われたのか、すぐに理解できなかったようだ。書簡の内容で、わたしたちが明日の即位式《そくいしき》での反乱を警戒《けいかい》して今日を警戒していないと思ったのだろうか。

動きなんて、珠香から筒抜《つつぬ》けなのに。

わたしは、雪那と目を合わせ、作戦の成功を確信した。

——わたしたちは、珠香と再度の取引を行っていた。集めた決定的な証拠により、企《くわだ》てに加わっている全員を捕《と》らえると約束し、協力を取りつけた。

首謀者《しゅぼうしゃ》を即位式前におびき出すには、相手に好都合な場を用意しなければならない。そしておびき出すためには、狙《ねら》われている雪那の協力が必要だった。

わたしが調査を行っていたことなどを全部話すと、

『僕が当事者なんだから、もちろん協力する』

何かあったと察していたらしい。雪那は、迷うことなくそう答えた。

今夜、叡刻たちは雪那が席を外したあと、雪那が一人になるときを狙って事を起こすつもりだった。珠香に暗殺を決行させ、成功すればよし、失敗すれば私兵を投入し力ずくで殺して、麓進に罪を着せる計画だったようだ。

だが、雪那がこの場に全員を集めたのは予想外だったはずだ。麓進に反抗《はんこう》されたのも予想外だっただろうが、そもそもこの場に来てしまった時点で叡刻は詰んでいた。

「王の暗殺並びに反乱計画の首謀者として、このまま身柄《みがら》を拘束《こうそく》させてもらいます」

雪那が頷くと、近くにいた衛兵がはっとしたように叡刻を拘束するべく動く。

「……そうは、いくものか!!」

叡刻が血相を変え、服の中に手を入れた。取り出したものは——刃物《はもの》！　手に握《にぎ》ったそれを雪那に向けて、叡刻が突進してくる。

——避《よ》けられない。

そう直感し、わたしはとっさに雪那を抱《だ》きしめ隠《かく》そうとする。前方から迫《せま》る叡刻が持つ刃が、真っ直《す》ぐわたしに向かってくる。

今世のわたしの人生はここまでらしい。そう感じた瞬間、紫苑の『お前が危険な目に遭《あ》うことを心配し、失うことを恐《おそ》れ、幸福を願う者がいることを覚えてろ』という言葉と、祈《いの》るような様子だった紫《むらさき》の目が思い浮《う》かんだ。

――ごめんね、紫苑。

また、直接謝ることはできず、心の中で謝り、わたしは目を瞑《つむ》った。

「姉さん――!!」

叫《さけ》ぶ雪那を力いっぱい抱きしめて、死を覚悟した――が、わたしに刃物は届かなかった。

「させるか」

唸《うな》るような低い声が聞こえ、はっと目を開けた。

いつからこの場に来ていたのか、紫苑が雪那を庇《かば》うわたしの前に出て、叡刻の手から刃物を弾《はじ》き飛ばした。武術の心得のない男は、為《な》す術《すべ》なく床《ゆか》に伏《ふ》すことになった。

全ては一瞬《いっしゅん》の出来事に感じられた。床に押し付けられた叡刻を認識《にんしき》して、わたしは腕《うで》の中の雪那の無事を確認した。

「雪那、大丈夫《だいじょうぶ》?」

「それは僕の言うことだよ、姉さん」

ほっと胸を撫《な》で下ろして、わたしは次に紫苑を見上げる。

「紫苑、どうしてここに?」

「守ると言っただろう」

不敵な笑みを浮かべる紫苑に、わたしの胸が温かい心地《ここち》に包まれる。

「ありがとう」

「いい。それより、さっさと話をつけてしまえよ」

紫苑に頷《うなず》きを返し、叡刻に向き直った。

まさか、この場で直接命を狙ってくるとは思わなかった。荒《あら》ぶりそうな気持ちを落ち着け、わたしは叡刻を見下ろした。

ようやく捕《つか》まえた首謀者を前に、わたしは問わずにはいられなかった。

「……どうして、まだ王にもなっていない彼の命を狙うの」

なぜ、あなたたちは何の結果も出ていないのにその前に判断しようとするの。叡刻は不服そうな表情のまま、目を合わせようともせず、口を開く気配がなかった。

「答えて」

淡々《たんたん》としながらも、有無《うむ》を言わせない声に、叡刻は目を上げた。わたしと目が合い、固く閉《と》ざしていた口を開く。

「農民などに国を任せれば、この国は前の王の時のように壊《こわ》れる」

「その根拠《こんきょ》は、前の王の政策？」

「そうだ」

前王もまた、雪那と同じく農民出身だった。前王は農民の地位を向上させるべく、農民が農民のままでも優位な立場に立てないかと考えた政策を行った。

「知識もないのに、身分の均衡《きんこう》も考えられず権力を使うような者が王に相応《ふさわ》しいか？　身分制度は作られるべくして作られた制度だ。使う側と使われる側の力関係が崩《くず》れれば、国は崩壊《ほうかい》していく。危惧《きぐ》していれば案の定、最近では恒月国王に影響《えいきょう》されたのか知らないが、会議で馬鹿《ばか》馬鹿しい提案をしてきた。役人の評価に平民の評価を含《ふく》むだと？　何も役人の役割を理解していない平民たちによって立場が揺《ゆ》らぐようなことがあって堪《たま》るものか」

そんな思考をする者だ、我々《われわれ》貴族にどんな不利な条件を出されるか分かったものではないと叡刻は吐《は》き捨てた。

「即位前に殺してしまえば、国が乱れることなく、次の王が選ばれる。私達には、この国には、一級の教育を受けている政治に明るい者こそ必要で、かの千年王国のような民《たみ》に望まれた時代を築くのだ」

この国のためにより良い王を。叡刻の主張は一見すると国を思っての行動に思えたが、とんでもない。

「だからって、まだ何の過《あやま》ちも犯《おか》していない即位前の王を殺そうとまでするの」

「この国には愚王《ぐおう》に従い無駄《むだ》にできる時間などないのだ。だが何も為せなくても、過ちを犯す前にせめて千年王のように王位を返上すれば、汚名《おめい》を着て死ぬこともなく綺麗《きれい》な名のままで終われるだろう」

二百年の時を経《へ》て、千年王は千年の時代の節目に、王位を返上して自害したと伝わっていた。千年という長い時代に区切りをつけて、綺麗に。死さえも美談になった。

「勝手なことを……」

努めて淡々としていたわたしは、怒《いか》りで声が震《ふる》えた。

「即位した時点で知識がなかろうと、重要なのは即位した王が何を為していくか！　それなのに王になってもいないのに可能性を否定して、命まで奪《うば》おうとするとはどういうことだ！」

怒鳴《どな》り声に、叡刻がぎょっとする。

「民には確かに王を判断する権利が委《ゆだ》ねられているけれど、まだ王になっていない段階で判断する権利はない！」

雪那は王になることに後ろ向きだった。周りの臣下が出自で彼を軽視し、期待せず、駄目だと決めつけ、発言を封《ふう》じ込めたからだ。紫苑に会って、雪那は前向きになった。それは本来良いことのはずなのだ。まだ何も為していない雪那が期待外れだと思われることが悔《くや》しかった。認めさせてやる他《ほか》ないと思うけれど、自らの時代が引き合いに出されて、比《ひ》較《かく》され、弟に悪い影響を与えることは嫌《いや》だった。

「悪い結果が出たときの王と出身が同じだからと批判して、良かったと伝わっているだけの時代と比べてお前はあのようになれないと言われ続けた王は、結果が出る前に腐《くさ》ってし

まって当然よ」

それは王が国を悪くしているのではない。叡刻のような者が国を腐らせようとしているのだ。それなのに、雪那の方に責任を課していることが許せなくて、わたしは爪《つめ》が肌《はだ》を抉《えぐ》るほど強く拳《こぶし》を握った。

「国によって、時代によって必要な王の在り方は異なる。過ぎた時代は過ぎた時代。考えるべきは、今の時代をどう良くするかじゃないの？　そのためにするべきことは、農民出身で知識も経験もないと嘲《あざけ》り、貶《おとし》め、王位から降ろそうとすること？　違《ちが》うでしょう。選ばれた王とこれからを見ていくことでしょう。あなたたちは、国を良くする方法を間違っているわ」

何より、と叡刻を見下ろすと、叡刻は圧倒《あっとう》された表情になった。

「神は、国に必要とされている存在を王に選んでいる。前の王は農民だった、今回も農民出身ね。これは偶然《ぐうぜん》ではなく、神が意図して選んだ理由がある。あなたは身分身分と言うけれど、その意識が過剰《かじょう》になって不幸になる民がいると雪那は知っている。国の状態をよく見ているのは、あなたと雪那、どちら？　これから選ばれる王が低い身分であり続ける可能性は十分にあるのだけれど、あなたたちはその全《すべ》てを殺し続けるの？」

叡刻が何か言おうと口を開いたようだが、その言葉を封じる間合いでわたしは言い切る。

「そもそも、あなたたちが必要以上に持ち上げている千年王も農民出身よ」

「──戯言《たわごと》を言うな」

叡刻はわたしを睨《にら》み、吐き捨てるように言う。

「農民が、千年もの時代を築けるものか！」

「その時代を知る神子が言っているのに疑うの？　あなたはその王を知っているわけでもないでしょうに。ええ、神に誓《ちか》って嘘《うそ》はないと言いましょう。西燕国の先々代の王は農民だった」

きっぱりとした断言に、叡刻は口をぱくぱくとさせて呆然《ぼうぜん》とした。

「……叡刻」

しんとした場を破ったのは、雪那だった。わたしの後ろから歩み出て、彼は叡刻の前に行く。床に組み伏せられている臣下の前に膝《ひざ》をつき、黄色の瞳《ひとみ》が叡刻を見る。

「僕は今、頼《たよ》れる存在に見えないだろうと思う。逃《に》げてばかりだった最初の頃《ころ》からすれば当たり前だ。だけど、僕はこれから最後まで最大の努力をすることを約束するし、その努力は国で暮らす人々が悪くなるようにと思ってするものではない。前王のときには、間違いを犯す前に止めてくれる臣下がいなかったのかもしれない。もしくは前王が聞かなかったのかもしれない。僕がもしもこの先間違いかけたなら、そのときに間違っていると言ってくれればいい。僕は一度立ち止まって、耳を傾《かたむ》ける」

自らの命を狙《ねら》った者を前に、雪那の声は少しも震えていなかった。拳を握《にぎ》りしめ、目を逸《そ》らさずに彼は宣言した。

「僕はまだ何も為していない。できていない。だからここで死ぬわけにはいかない」

叡刻は口を開いたが、何も言うことなくうなだれた。そのまま叡刻と小杏、麓進と珠香は連行されていった。他に関与《かんよ》していた臣下も拘束《こうそく》され、国の軍が反乱軍と化した私兵を捕《と》らえるために動かされた。

宴《うたげ》に参加していた他国の使者達には会場外で起こったことに気がつかれずに済んだようだった。捕らえられた者達は牢《ろう》に入れられ、これから表立った調査が行われ、裁かれることになる。宰相《さいしょう》と長官が捕らえられたことにより、体制の立て直しが雪那の最優先の課題となるだろう。

雪那は朝に向けて、即位式《そくいしき》の準備をすることになった。身を清めるために風呂《ふろ》へ向かう雪那を瑠黎に任せ、わたしは外に出た。

もう少し、冷静になってから戻《もど》らなければ。今のわたしが知っていること自体がおかしな内容も口にしてしまったから、言い訳を考えておかなければならない。あんな風に感情のままに言う気はなかったのに、一度抑《おさ》えられた感情だが、あの場では制御《せいぎょ》できなかった。全てが解決したはずなのに、ひどい疲労感《ひろうかん》を感じる。

千年王、千年王国、誰《だれ》もが理想化して好き勝手に語る。本当はそんないいものではないのに——。

「花鈴」

呼ぶ声に、びくっとした。

今は振《ふ》り向きたくない気がした。大丈夫《だいじょうぶ》かと聞かれれば、笑って何のことだと言えるだろうか？

「今日はありがとう、紫苑。後始末はまだあるけど、おかげで問題は解決したわ」

それでも何とか振り向いて、わたしは紫苑にお礼を言った。それなのに微笑《ほほえ》むわたしに、紫苑は「笑いたくないときには笑うな」と言う。なぜか紫苑の方が、苦しそうな表情で。

「あれは、かつて、俺に言ってくれた言葉だったな」

国によって、時代によって必要な王の在り方は異なる、という言葉のことだろう。紫苑が即位したばかりのときにわたしが紫苑に言い、先日は紫苑が雪那に言った言葉だ。

「どうして、あんなに辛《つら》そうな顔をして言った」

「……雪那への言い方があまりにも酷《ひど》かったからよ」

「それだけじゃないだろう。——どうして、今も辛そうな顔をする？」

紫苑がわたしの顎《あご》に手を添《そ》えて、顔を上げさせ、わたしの感情を読み取るかのように深く目を覗《のぞ》き込んだ。

「王を語るとき、どうしてそんなに苦しそうな声をする？」

睡蓮、と紫苑はわたしを呼んだ。前世のわたしに呼びかけた。

「教えてくれ。王としてのお前の人生は、幸せだったか？」

幸せ。前世、自分に関して考えることなどなかった幸せを考えると、前世の記憶《きおく》と感情が堰《せき》を切ったかのように頭に、心に蘇《よみがえ》った。

「いいえ」

気がつけば、わたしの口は勝手に否定していた。

紫苑が目元を歪《ゆが》めた。わたしは、弱々しい微笑みを浮《う》かべた。

「……時代によって必要な王の在り方は異なると言うのなら、わたしはもっと早く死ぬべきだったのよ、紫苑」

それだけ言うのが、精いっぱいだった。

終章

あれから紫苑とは顔を合わせていない。次に会っても、どんな顔でどんな風に接すればいいのか分からない。胸にもやもやとした想《おも》いを抱《かか》えたまま、わたしの足は一歩も踏《ふ》み出せず、重い気持ちのまま即位式の朝がやって来た。

即位式の前に、王になる儀《ぎ》式《しき》を行うため、雪那が内界に渡《わた》る。雪那の後ろに続き、国付き神子が全員水鏡を渡る。わたしも最後尾《さいこうび》について行った。

「お待ちしていました。西燕国王」

内界で出迎《でむか》える神子の先頭で、神子長である蛍火が一礼した。

雪那が儀式服に着替《きが》え終わったと聞いて、儀式まで少し時間があるので会いに行く。

「雪那」

部屋の中に一人立っている雪那が振り向く。青と白の儀式服は、裾《すそ》も袖《そで》も引きずるほど長く、偽物《にせもの》とは比べものにならない滑《なめ》らかな質感をしていて、ため息が出るほど綺麗《きれい》な代《しろ》物《もの》だ。

雪那が王に選ばれたと理解していて、彼が立派な王になれるように手を尽《つ》くすと決めて神子として王宮入りしたはずなのに、その服を雪那が着ている光景を目《ま》の当たりにして、弟は王になるのだと改めて実感した。

「緊張《きんちょう》してる？」

「思っていたよりはしていないかな」

雪那の肩《かた》から力が抜《ぬ》けている。表情も強張《こわば》るどころか、微《かす》かに口元を緩《ゆる》めて微笑んでさえいる。

「もう、さすがに覚悟《かくご》が決まったからかもしれない」

「覚悟が？」

雪那は頷《うなず》く。

「姉さんが会いに来てくれたときに、僕は色々言ったね。姉さんが来てくれて、安心して、つい心の中にあったものを全部言った」

「うん」

「でも僕は今、千年王に複雑な思いを抱《いだ》いていないよ」

弟の口から出て来た言葉に目を見張るわたしを前に、雪那はぽつりぽつりと話す。

「もう千年王と同じ国を作ろうとは思わないし、作れるとも思えないけれど、学ぶべきところは必ずある。かの王が作った仕組みで僕は役人になろうとしていた。けれどなっていたとしても今回のように出身で軽視されていただろう。今僕はそれを変えられる地位にいる。それなら、僕のような思いを抱えた者が正当な評価を受けられるようにしていく。そうすれば、きっと誰も身分によって理不尽《りふじん》な目に遭《あ》うことはなくなる」

弟は生来の穏《おだ》やかな声音《こわね》で、しかし芯《しん》の通った声で言う。

「例えば僕たちの村で、立場を利用して横暴な態度を取っていた役人のように、地位や身分の高い者が、それらを笠に着て人を見下し、支配しようとする意識を変えたい。役人には任地の民《たみ》を管理する仕事は与《あた》えられていても、支配する権利はないからね。僕が王に選ばれたということは、それできっと合っているんだろう。僕は今の国にあるべき王になって、臣下にも心配させないような国にする。……それを覚えておいてくれない？」

目の前に立つ雪那に、以前物置のような部屋で見た面影《おもかげ》はどこにもなく、頼《たの》もしささえ感じて、わたしは微笑む。

「もちろん、覚えておく」

「じゃあ、それで十分だから姉さんは自分の生きたいように生きて」

「……え？」

突然《とつぜん》の弟からの言葉に呆然《ぼうぜん》とするわたしは、雪那にふわりと優《やさ》しく抱擁《ほうよう》される。滑らかな布が頬《ほお》に触《ふ》れた。こんなに弟は大きかっただろうかと、再会した日とは正反対のことを思う。

「僕は、僕のために神子になって会いに来てくれた姉さんに感謝してる。前向きになれたのも姉さんのおかげだ。あのとき姉さんが来てくれなければ、側《そば》にいてくれなければ、僕の心はきっと折れていた。その状態で恒月国王に会ったところで、僕はあの方に圧倒《あっとう》されてばかりだったかもしれない。でも、僕は一人で王になるんだ。覚悟は決めた。離《はな》れるなら今だと思うんだ」

ぎゅっと、一瞬《いっしゅん》雪那は強くわたしを抱《だ》きしめた。

「いつも僕のことを思ってくれた姉さん、僕は大丈夫。僕も姉さんの幸せを願っているよ」

大切な弟だから、してきたことはわたしにとって当たり前のことだったけれど、雪那の感謝と思いを感じて、嬉《うれ》しかった。そして、最後の言葉にはっと雪那を見上げた。

雪那は抱擁を解き、微笑んだ。ちょうどそのとき、計ったように外から呼ばれて、雪那はわたしの横を通り過ぎた。

「雪那」

振り返って呼ぶと、雪那が足を止める。

「あなたは、この先、絶対に一人じゃないから」

「うん、知っているよ」

華奢《きゃしゃ》な印象を受けていたはずの背中は、大きく見えた。

この短期間で、こんなに人は成長するものなのか。自分の弟ながら、誇《ほこ》らしくて、少し寂《さび》しい心地《ここち》もした。少しでも早く一人前にと望んでいたのに、まさかこんなに早く離れるとは思わなかったからか。紫苑の影響《えいきょう》だろうか。だとすれば、やはり紫苑はすごい。

雪那の言葉が何度も頭の中で繰《く》り返されて、わたしは中々その場から動けなかった。


「花鈴様」

蛍火が、いつの間にか側に立っていた。雪那を神の許《もと》に案内して、戻《もど》ってきたらしい。

「蛍火、あの子、短い間にとても変わったと思わない？」

「そうですね、表情がしっかりされたと言いますか、安定したと思います」

「それでね、もう大丈夫《だいじょうぶ》だって言うの。離れるなら今だと思うから、わたしはわたしの思うように生きてって」

蛍火は意外なことを聞いたように、わたしが見つめている扉《とびら》の方を見た。

「……王になるしかないのは分かっていたはずなのに。わたしの方が、雪那より覚悟を決められてなかった」

「あなたには、どのような覚悟が必要でしたか」

「たった一人の家族が、命を狙《ねら》われ、孤独《こどく》に苛《さいな》まれ、民の命を背負い続け、一つ間違《まちが》えただけで民に必要なしと判断されるかもしれない長く厳しい道に進む。その背中を押す覚悟よ」

弟が王に選ばれなければ、命なんて狙われなかった。悩《なや》みも苦労ももっと小さくて済んだはずだ。王にならない方が幸せな人生を送れる。弟に、歩むはずだった道を返して欲しい。そんな思いが、ずっと頭の隅《すみ》にあった。考えてもどうにもならないと、その考えを振《ふ》り切り、雪那の暗殺未遂《みすい》事件の解決に力を尽くしてきた。

けれど、本当に割り切れたわけではなかったのだ。大切な弟だ。心配だ。

でも雪那はもう振り返らなかった。これから歩んでいく道を見据《みす》え、覚悟を決めていた。

さっき雪那がわたしに向けた言葉で、雪那を案じ握《にぎ》っていた手が離されたような気がした。

これからも、雪那には様々な問題が降りかかるだろう。それは民に起こる問題であったり、今回の件のように雪那自身に向けられる問題もあるだろう。その全《すべ》てに雪那は立ち向かっていくだろうと確信した。

「……わたしの手は、もう必要ない」

今のわたしに必要なのは、きっと、弟を信じて伸《の》ばしたくなる手を堪《こら》えることだ。

それなら、わたしも覚悟を決めよう。

「蛍火、わたし、神子を辞《や》める」

空っぽの手を握り締《し》め、わたしは蛍火を見上げて、笑顔で言う。

神子を辞めてただの花鈴に戻る。けれどそうすると蛍火にもう会えなくなるだろう。紫苑とも会えなくなるかもしれない。雪那は幸せを願っていると言ってくれたけれど、わたしにはどうすればいいのか分からない。紫苑が好き、だけれど……。

「神子にしてくれてありがとう。あのとき、蛍火に頼んで良かった」

「それは何よりです」

じゃあ、さようならと言って別れてしまうのは簡単だった。しかし名残惜《なごりお》しくて、もう少し会話したい気持ちになる。

「これから、どうするおつもりですか？　もう、弟君の側にい続けるつもりはないのですよね」

「村に、帰るわ。それで、『普通《ふつう》に幸せに』暮らす」

前世、蛍火に答えたように。それなら、蛍火も心配ないだろう。微笑《ほほえ》んで、何でもないように言うと、蛍火がぴくりと眉《まゆ》を動かす。

「本気で仰《おっしゃ》っていますか？」

「……どういう意味？」

意味深な聞き方だと、聞き返すと、蛍火がため息をつく。

「紫苑様にも会わず、言わず、それでいいのですか？」

「……！」

核心《かくしん》を衝《つ》かれて、わたしは瞠目《どうもく》する。

「あなたの幸せは何かという問題に、答えが出たと認識《にんしき》していたのですが」

「それは――」

心の中を読まれているのかと思うほどの指摘《してき》に、たじろぐ。

そんなわたしの様子に、蛍火は「お帰りになる前に、少しお話をいいでしょうか？」と尋《たず》ねてきた。

「……何？」

次は一体何だと、心当たりを探しながら、慎重《しんちょう》に促《うなが》す。

「前世のあなたに黙《だま》っていたことがありまして、今のあなたにならお話ししたいと思います」

蛍火は、妙《みょう》なことを言った。今のわたし？　今世のわたし、という意味？

「私は、あなたのことが好きでした」

少し前なら、わたしも好きだけど突然どうしたの？　とでも返してしまったかもしれない。今は違う。蛍火の真っ黒な瞳《ひとみ》に、宿る熱を見たことがあるから、気づいてしまった。

思わぬ発言に驚《おどろ》きつつも、何と返せばいいのか悩む。付き合いの歳月ゆえに、一生懸命《いっしょうけんめい》頭を働かせて、出てきた言葉はありきたりなものだった。

「蛍火、ごめんなさい」

わたしは蛍火の想《おも》いを受け取れない。

「分かっています」

　蛍火は、落ち着いた声音《こわね》で言った。わたしの答えなんて、分かっていたみたいだった。

「私のこの感情には、とうに区切りがついています。あなたが一度死んだあのときに——いいえ、もっと前ですね。王であることに苦しさを覚えていたあなたに、何もできず、あなたの死をただ見届けると決めたときかもしれません」

　蛍火は美しく微笑んだ。確かに宿っていた熱は目から消え、優《やさ》しさだけが満ちていた。穏《おだ》やかに微笑む顔に、堪《たま》らず、わたしは蛍火を抱きしめた。

「何もできなかったなんてことない。蛍火が側《そば》にいなかったら、わたしは最期《さいご》には討《う》たれるような王になってた」

　最初にわたしを孤独から救ってくれたのは蛍火だ。名前を呼んでくれる家族がいなくなり、崩《くず》れ落ちそうになっていたとき、わたしは蛍火に名前で呼んで欲しいと頼《たの》んだ。そのときの一言で、わたしはまた立てた。

　以来、彼は最期までわたしを名前で呼び続け、側にいてくれて、いつも変わらない憎《にく》まれ口をきいてきた。

　何もできなかった？　わたしと時代を共にし、わたしを見続け、途中《とちゅう》で筆頭神子を辞さずに居続けてくれたことが当たり前のことではないと知っている。

　蛍火が途中でわたしの側からいなくなっていたら、おそらく、わたしの心は折れていた。

最も信頼《しんらい》し、心を許せた存在だった。自分の中で大きな存在になっていたことは間違いない。そして一度心が折れていれば、わたしは政務を放棄《ほうき》しただろう。

「蛍火、ありがとう」

前世、蛍火がそんなことを思っていたなんて知らなかった。今世の分も含《ふく》めてお礼を言うと、蛍火は一瞬目を丸くして、それから心なしか嬉しそうに笑った。

「それは何よりです。……それより、抱きしめてくださるのはとても嬉しいのですが、振られる身としては複雑な感情が芽生えます」

「……ごめん。つい」

「こういうところも含め、私はそういう風には見られないということなのでしょうね」

蛍火の言葉には応《こた》えられない。そっと離《はな》れようとすると、ぽんぽんと頭を叩《たた》かれたので、むっとして蛍火を見上げる。

「蛍火だって、これって子ども扱《あつか》いじゃないの」

「仕返しですよ。おや、大人扱いされて、口説かれたいと言うのなら実践《じっせん》しましょうか」

「そこまで言ってない」

そそくさと、今度こそ抱擁《ほうよう》を解いて、わたしと蛍火の間には慣れた距離《きょり》が戻る。

「どうあれ、あなたが愛《いと》しくもあり、私にとっての唯一《ゆいいつ》絶対の主だったことに変わりありませんよ」

そんな王であれていただろうか、と口を開きかけたわたしの言葉を封《ふう》じるように、蛍火が続ける。

「睡蓮様がどう思っていようと、私がどう思うかは勝手です。あなたは、頑張《がんば》っていましたよ。家族を心の支えにしていようと、民《たみ》のことを考えていらっしゃいました。時代の後半、苦しみながらも決して国を荒《あ》らさないように努めて玉座にい続けたでしょう。結果いずれの国でも歴代の王が必ず辿《たど》る道を辿らず、最期《さいご》を迎《むか》えました」

過去を思い出すような眼差《まなざ》しを伏《ふ》せ、蛍火は「そして」とわたしの死後を語る。

「たとえ厳密には『睡蓮様』ではなくとも、いずれ生まれ変わるあなたには今度こそ幸せに生きてほしいと願っていました。……そうだと言うのに」

蛍火の優しい声音が、一変する。

「記憶《きおく》を持ったまま生まれ変わっていたことには驚きましたが、何より自分の幸せがまた二の次になっているではありませんか。睡蓮様は以前から自分自身より、家族の幸せを第一に考えていましたが……その性分《しょうぶん》が変わらず残っているとは……。家族のことばかり気にかけて生きていては、あなたはいつ幸せになるのですか？　また来世ですか？　せっかく記憶があり疑似《ぎじ》的なやり直しができるのなら、自分のために生きてもいいでしょうに」

紫苑が、わたしにしたものに限りなく近い問いだ。その話をしたとき、蛍火は自分の幸せが分からないのなら見つければいいと言った。素知らぬ様子だったのに、このかつての側近はあのとき何を思っていたのだろう。

「それで、あなたの幸せは見つけられましたか？」

蛍火は、穏やかな微笑みを浮《う》かべた。完璧《かんぺき》な隙《すき》のない笑《え》みではなく、隠《かく》す感情のない、慈愛《じあい》にあふれた微笑みだった。

その問いに、もうわたしが戸惑《とまど》うことはない。もう、気がついていた。前世諦《あきら》めたことがある。一緒《いっしょ》にいたかった人がいる。封じ込めた感情がある。

「……見つかったわ」

けれど今のわたしが軽々しく口にすることは、やっぱりできない。秘密を抱《かか》えたままでは、きっと大切な人を傷つけてしまうから。

そんなわたしの想いとは裏腹に、蛍火が満足げに頷《うなず》く。

「では本題です」

「え？　本題ってどういうこと？」

「前世のあなたに黙っていたことに関して、本命はこちらですよ」

蛍火がおかしそうに笑うので、手玉に取られた気分だ。

「睡蓮様が亡《な》くなられる前、実はある権利が与《あた》えられるはずでした」

前世、死ぬときになって与えられる権利とは想像がつかず、わたしは首を傾《かし》げる。

「神に、願いを一つ叶《かな》えてもらえる権利です」

「な、」

何だその権利はと、呆気《あつけ》にとられた。

「千年の治世に至った睡蓮様は、死を選択し、その魂《たましい》は次の生に向かう予定でした。王は人に戻《もど》ることを前提とされていませんので、人間の転生の輪に戻す儀式《ぎしき》を行い、死ぬ必要があります。ですがその前に本来私があなたに聞くはずだったのです。『神があなたの願いを一つ叶えます。死を覆《くつがえ》すことはできませんが、死ぬ前に叶えたいこと、転生した自らの魂に望むことはありませんか？』と」

当然、前世でわたしがそんなことを聞かれたことはない。一体なぜ、その問いは表情に表れていたのかもしれない。蛍火が笑って謝る。

「申し訳ありません。あなたは自分の幸せを考えないような人でしたから、そのまま答えさせてもあなたが幸せになるような願いごとをするとは思えず、神に許可を取った上で私が預かりました」

今世再会したばかりのときは、自分の幸せより弟のことを願ってしまいそうだったから言わなかった、だから今全《すべ》てを明かしたのだと言われた。

「何、それ……。もしかして、そのために、蛍火」

わたしを神子にしてくれたり、調査を手伝ったりしてくれていたのかと悟《さと》った。悟って、そこまでしてくれていたことに胸がいっぱいになった。

「私は、睡蓮様に再び会えたばかりでなく、また共に過ごせて幸せでしたよ。そして自分の幸せの次に考えるのは、あなたが幸せになることとです」

蛍火はいつもより柔《やわ》らかな微笑《びしょう》をたたえる。幸せに満ちた微笑みだった。

「……何が、『人を超越《ちょうえつ》した時間を、変わりゆく国々を見ながらのらりくらり生きること』よ」

蛍火にとっての幸福を聞いたとき、彼はそう答えた。その幸福の物差しはどうなのだろうと思うだけで、わたしは全く気がつけていなかった。

「それも事実です。自分にとっての幸せが一つだと誰《だれ》が決めたのですか？　せっかくあなたが自分の幸せについて考えてくれると思ったのに、そこで私が『私の幸せはあなたにまた会えたことです』と言うのはどう考えても余計でしょう」

呆《あき》れたように言ってくれるではないか。

「さあ、花鈴様、二百年待ってさらに待っていたので、そろそろ自分の願いの一つくらいすぐに言ってほしいものなのですが」

二百年預かっていたのは蛍火でしょ！　と言いたかったのに、声が喉《のど》の奥でつっかえて出てくれなかった。本当に、いつまでも一枚上手を行く男だ。笑顔に隠された感情が読めたと思ったら、一回死んで、再会してからまだまだ読めていなかったと思い知るはめになるなんて。

わたしは、蛍火を真っ直《す》ぐ見上げて、迷いなく願いを伝える。

「紫苑に、真実を話せるようになりたい」

それがたとえ神の意に沿わない行動だったとしても。神子の印を消し、秘密を話せるようになりたい。話してどう思うかは、紫苑次第《しだい》だ。自らの幸福は自分でつかみ取る。

「『その想い』が強い望みとして残っていたから、前世の記憶を持ったままあなたは生まれ変わったのかもしれませんね」

蛍火は呟いたあと、「承知いたしました、花鈴様」と一礼して、わたしの願いを受け入れた。


雪那の儀式が終わり、西燕国に戻ってくると、すぐに即位式《そくいしき》が行われた。

これまでのごたごたが嘘《うそ》のように即位式はつつがなく終わり、わたしは王宮の庭の片隅《かたすみ》にいた。かつてわたしが王だった頃《ころ》、気に入った花を庭師が常に植えてくれていた庭の片隅だ。幾重《いくえ》にも花びらが重なった純白の花が好きで、今世も庭に咲《さ》いているのを見つけたときは嬉《うれ》しかった。

前世で紫苑が初めて西燕国を訪《おとず》れたときに、庭の見事さに目を丸くしていて、それ以来西燕国に紫苑が来たときはいつも庭を案内したものだ。即位したばかりで、何事も国のためにと気を張っていた紫苑の眉間《みけん》に刻まれていた皺《しわ》が緩《ゆる》んだから、もっと違《ちが》う花や景色を見せたくて毎度引っ張り回した。

そんな記憶が残る庭で、わたしは紫苑を待っていた。

自分で決めたのに、即位式のときから緊張《きんちょう》で心臓がうるさかった。でも明日には各国の使者が帰ってしまうから、機会は今日しかない。深呼吸を何度もして、無理矢理鼓動《むりやりこどう》を落ち着かせたところで、紫苑が来てくれた。

「帰る前に会いたいと思っていた」

自然にそんなことを言われて、心がきゅうと締《し》め付けられた。

「ここ、懐《なつ》かしいな。国が一望できる隠れた名所だって紹介《しょうかい》してくれたが、この手すりを越《こ》えると絶壁《ぜっぺき》なのによく身を乗り出していたよな」

「さすがにもうやらないわよ」

「そうだな。……最後に来たのは、随分《ずいぶん》前になる」

紫苑が、景色を眺《なが》めていた目をわたしに向ける。もしかすると緊張を隠しきれていないのかもしれない。紫苑は何か察しているようだったけれど、わたしは本題に入る前に、少し話すことにした。

「今さらだけど、紫苑の在位ももう六百年以上になるのね」

「そうだ」

「そこまで生きた感想を聞いてなかったね」

わたしの記憶では四百年。知らない二百年が挟《はさ》まり、現在だ。治世六百年を超《こ》える王は、全ての国の過去の王たちを含《ふく》めても数えるほどしかいない。

紫苑は出会ったときの姿のまま、問われた六百年を思い出すように、一度ゆっくりと瞬《まばた》きをした。そして、一言。

「長かったな」

「そうね」

これまでの記録の中でも到達《とうたつ》した者が限られるほどの長い歳月だ。自らが治めた国の姿を思うほど、重みが増すものだ。

「その一方で、過ごしているときはいつの間にか一日が過ぎ、一カ月が経《た》つ。一年が経つ。何百年経っても問題が尽《つ》きない」

「そうね」

「国を、民《たみ》を豊かにしようと政策を打っても失敗することがある。時々どうしても相容《あいい》れない頭の固い臣下が現れる」

紫苑が王になったとき、恒月国の状態は酷《ひど》いものだった。国の機能が止まり、大地は更《さら》地《ち》で、限りなく一から国作りを始めることになった彼は、再建の手段を選ばなかった。国が形になってきてからも、昔決めた制度をあっさり大改造したりしていた。端《はた》から見ていて面白《おもしろ》い限りで、訪ねる度《たび》に国が変わっているような気がしていた。もちろん紫苑の言った通り、失敗や問題もあって活気が鳴りを潜《ひそ》めていたときもあった。

それでも、紫苑は変化を起こすことを怖《おそ》れなかった。より良い方法があるはずだ、やり方を変えれば別の効果をもたらすはずだ、と。たぶん、紫苑はその加減が上手《うま》い。そして、民は自国の王が必ず良い方向に導いてくれると信じ、紫苑はその思いに応《こた》えてきた。

「これまで自分が治めてきた国をどう思う？」

「そうだな……少なくとも民が他《ほか》の国に生まれれば良かったとは思わない国だと思う。一方で、他国へも簡単に渡《わた》れ、触《ふ》れられる国だが、まだ満足はしていない。国交の浅い国がまだある。まだまだ変われる、良くなる可能性がある」

これが紫苑という王だ。再度実感し、思わず目を細めてしまう。

答えた紫苑は、黙《だま》ってわたしを見返した。声にして聞かれなかったけれど、気がつかなかったふりはしない。

「わたしも、過ごした千年は長かった」

「千年だからな。俺も、千年はまだまだ先だ」

「年数なんて、神秘の力が増すだけのことよ。問題は年数じゃなくて、中身」

在位期間はそれだけの間、民に認められてきたという証明であり、神秘の力が増し、力の使い方を熟知すれば国の大地を豊かにすることができる。

けれどもそれより重要なのは、それほど生きて何を成したのか、ということだ。神秘の力でできることは、他の王にもできるようになる。神に選ばれ、人を超越した身となった上で、一体どのように国を治めたのか。自分にしかできないことを成せたか。そして、成し続けられたか。

わたしは、自分が王に選ばれた理由に見合う仕事をしたと思っている。生まれによる貧困を解決したかった。飢《う》えることのない国を作り、どんなにあがきたくても農民に生まれれば農民として一生を終えるしかない制度を変えた。

初めは本当に大変だった。けれどそれも数百年が過ぎれば形になる。そこでわたしは安心してしまったのだ。後は国が荒《あ》れないよう守り続ければ、十分だろう、と。

「わたしは、年数のわりには睡蓮の時代を誇《ほこ》れない」

わたしは、ぎゅっと手を握《にぎ》り締めた。

「……どうしてだ」

「わたしは……千年も自分の国がこうあればいいという理想像を持ち続けられずに、途中《とちゅう》からは志も何もなく王であり続けたからよ」

本当は紫苑にだけは知られたくなかったことだ。けれどもう隠《かく》し事はしないと決めた。

しかし、続けて明かそうとした事実に口の動きが鈍《にぶ》る。これは、わたしだけの話ではない。紫苑はこれを知って、大丈夫《だいじょうぶ》だろうか？

そう思って、内心首を振る。いや、紫苑ならきっと……、わたしは意を決して口を開く。

「だから、わたしは永遠の王にならなかった」

「永遠の王？」

わたしは頷《うなず》く。

「紫苑、神はね、各国の王の中からただ一人、この地をかつての自分のように一括《いっかつ》して治める人間の王を――神に限りなく近い永遠の王を見定めようとしているのよ」

紫苑は、さすがに驚《おどろ》きですぐには言葉が出てこないようだった。

「前世、わたしの在位が千年に至ることになって、神に二度目の拝謁《はいえつ》をした。そこで聞かれたの。『永遠の王となるか、ならずに王を辞《や》めて死ぬか』って」

わたしが明かしたことに、紫苑が目を見開いた。これが、二度目の選定を受ける者しか知らない秘密だ。各国を含めて、歴代の王の中でわたししか知らないこと。

驚いていた紫苑の表情が、怖《こわ》いものに変わる。わたしが選んだ選択肢《せんたくし》が分かったのだろう。睡蓮は死んだのだから。

「どうして、永遠の王にならなかったんだ」

紫苑が静かに言った。

「千年が長かったから」

答えは考える必要もなかった。二百年前、散々考えて選択したからだ。即答《そくとう》に、紫苑は答えの真意が理解できないと言いたげにした。

「紫苑は、六百年が長いと言ったけど、苦痛に感じたことはある？」

「いや……？」

それは王としての素質だとわたしは思う。本当に、紫苑はすごいと思った。妬《ねた》ましさは欠片《かけら》もない純粋《じゅんすい》な気持ちだった。

「わたしは苦しかった。自分が壊《こわ》れずにいることと、国を崩《くず》さずにいることで精いっぱいだった」

わたしが壊れれば、少なからず国に影響《えいきょう》が出る。何より、神秘の力で豊かにしていた土地に最も影響が出ただろう。だからどうにか王として最低限の責務は果たそうと必死で、毎日にしがみついていた。

一度話し始めると、次々と口から言葉が零《こぼ》れ落ちる。もしかすると本当は誰《だれ》かに聞いてもらいたかったのかもしれない。つきものが落ちたように穏《おだ》やかな表情で語るわたしと反対に、紫苑の表情は険しくなっていく。

「わたしは家族のために王になった。家族が幸せに暮らせる国にしたいと思ったから」

今から遡《さかのぼ》り、十七年、二百年、千年前。わたしが王になったとき、そしてそれからも心の支えにしてきた目的だ。思うことはたった一つ、苦しんでいた家族が幸せに暮らせる国に、だった。

「どんなに王として月日を重ねても、根底には家族との記憶《きおく》と思いがあった。でもね、七十年もすると家族は全員死んだ。目的を失ったわたしは、代わりに家族の家族のためにって考えるようになった」

元々、顔も知らない人や、自分たちを苦しめていた役人が幸せになれるようになんて考えられるような人間ではなかったのだ。ただ、平民の中でも最も身分の低かった農民は、国が不安定になると一番割を食う。たとえ家族のためであったとしても、決して農民の待《たい》遇《ぐう》だけ良くするのではなく、どんな身分であっても等しい権利を得られるようにと考えた。だからだろうか、国は傾《かたむ》かなかった。

「でも、それって続けていられなくなるの。家族の家族なんて、何代も重なればさすがに疎《そ》遠《えん》になっていくから。会っても、弟の面影《おもかげ》はないし、わたしは彼らにとっては遠い親戚《しんせき》でもなく王であって、いつの間にか連絡《れんらく》は途《と》絶《だ》えてた。それでもわたしは王であるからには国を傾けるわけにはいかないし、これまでしてきたことを無駄《むだ》にしたくなかった。後年は神秘の力で土地を豊かにし、ひたすらに耐《た》えて保っていくような日々だった。……苦しかった」

わたしは、前世、誰にも吐露《とろ》できなかった思いを呟《つぶや》く。

「もしも、死なずに自由に王を辞められるなら、辞めたいって何度も思った」

存在しない道だったから、自分の中に押し込めた。王になった時点で、わたしの前には、死ぬまで続く王としての道しか存在しなかった。

「わたしの治世は、限界を超《こ》えていたのよ。でも国が傾くようなことはしなかったから、臣下も民《たみ》も異論を唱えなかっただけ。本当は、もっと早く終わってもおかしくなかった。わたしが立ち止まった時点で、必要とされるときは過ぎてたの」

国を必死で保ちながらも、この日々に終わりをもたらしてくれないかと思っていた。現状に満足している民に、わたしではない王が立てばもっと良くなる可能性があるのにと、その可能性が自分には見せられないから後ろめたかった。

紫苑は表情を歪《ゆが》め、何か言いたげにした。昨日、わたしが『時代によって必要な王の在り方は異なると言うのなら、わたしはもっと早く死ぬべきだった』と言ったことと重なったからだろう。

「そんな状態の中で、永遠の王となるか死ぬかの選択肢を差し出されて、わたしには何のために王であり続ければいいのか理由がなかった。正直王を辞めることが許されることに安堵《あんど》したくらいだったから死ぬ方を選んだの」

死ぬ選択肢があることに、当時のわたしは安堵していた。心の奥ではいつからか王を辞めたいとずっと叫《さけ》んでいた。もういい。もうわたしがやれることはやった。もう王として進めない。明確な寿命《じゅみょう》がない限り、まだまだ先が見えないかもしれないこれからの時間の長さに途方に暮れていた。

そしてその時間の中で、どれほど想《おも》いを寄せた人がいても決して同じ道を歩めないことが辛《つら》かった。

「紫苑には、言えなかった。急に死んで、ごめん」

わたしが口を閉じると、紫苑が今度こそ口を開く。

「……その真実は言えなかったとしても、どうして苦しいとか一言も言ってくれなかった」

「紫苑の中では、立派な王のままでいたかった。がっかりされたくなかった」

「どうして俺ががっかりする」

紫苑が、眉《まゆ》を寄せる。

「紫苑は、進み続ける王だったから。昔も、きっと今もあなたはより良い国を目指して、国を変化させていくでしょ？　紫苑が出会ったときから尊敬してくれていたのは知ってたけど、わたしにしてみれば紫苑の方が理想の王だと思った。永遠の王になるかどうか神に問われたとき、紫苑を思い出した。永遠の王になるなら、紫苑みたいな王が相応《ふさわ》しいって思った。……でも、わたしはもう立ち止まってた。紫苑と出会った頃《ころ》にはもうわたしの国は長く変わっていなくて、わたしはそれに満足してた。でも、どんどん変化していく恒月国を見ていて、その変化を起こしている紫苑を見ていて、ただ玉座に座っているだけの自分は何のために存在しているんだろうって思ったときもあった。……それを、紫苑に知られるのが怖かった」

当時のわたしは、紫苑に対して、感嘆《かんたん》と尊敬と、恐《おそ》れと気後《きおく》れが入り交じった感情を抱いていた。今も紫苑の反応が怖くて、正直に打ち明けるだけで必死だ。声や手が震《ふる》えそうで必死に堪《こら》えている。

「なら今、どう思ったか答えるぞ」

ますます強く手を握り、わたしは頷きを返す。

「俺が、がっかりするはずないだろ」

紫苑の目には、悲しみが見えた。

「俺にとって、睡蓮の王としての姿は非の打ち所がなかった。正しい王とは、こんな王を言うんだと思っていた。そんな風に限界を感じていたなんて、夢にも思わなかった。でも、どうあれ、睡蓮が作った国が、民に望まれていた事実は変わらないだろうと俺は思う。民に望まれる国が俺の理想だ、それなら俺が睡蓮に憧《あこが》れた気持ちは変わらない」

紫苑は強い意志の宿る眼差《まなざ》しで、迷いない声で言う。わたしが気にしていたことを容易に一蹴《いっしゅう》する。

「だから、俺は睡蓮が苦しんでいたことに気づけなかったことが悔《くや》しい。睡蓮が言わなくても、気がつきたかった。せめて……俺に知られるのが怖いとか、知られないようにしようと思わなくていいようにしたかった。……道理で蛍火に『最後まで気がつかなかった』と言われるわけだ」

「蛍火に……？」

「睡蓮が、死んだあとにな」

紫苑は少し、苦笑《くしょう》した。

蛍火は、わたしの苦しみも何もかもお見通しだったようだから。けれど蛍火が、そんなことを……と、複雑な気持ちになる。蛍火は、どんな気持ちで、前世のわたしの死後、そう紫苑に言ったのだろうか。

「言わなくて……言えなくて、ごめん。紫苑のこと信じられなくて、ごめん」

勝手に恐れ、そのまま死んだ結果、紫苑を混乱させ、辛い思いをさせてしまった。わたしにもう少し勇気があればと思うが、紫苑ならばと信じることができなかったのだ。

「いい」と紫苑が宥《なだ》めるようにわたしの頭を撫《な》でる。触《ふ》れる手の優《やさ》しさに、目頭が熱くなった。喉《のど》の奥も苦しくなって、歯を食いしばって堪えようとしたのに。

「俺の側《そば》は、苦しくなかったか」

柔《やわ》らかい声音《こわね》で紫苑が気遣《きづか》うから、零れた。涙《なみだ》を隠《かく》そうとすると、わたしの手を紫苑がとらえる。

「今、泣かせるくらいなら、あのとき少しでも気がついて、聞いておけばよかったな」

わたしの泣き顔を初めて目にし、すでに手遅《ておく》れだったとしても、そう思わずにはいられないと言うように。紫苑は苦しそうな表情で後悔《こうかい》の言葉を吐《は》いて、わたしを抱《だ》きしめた。

「……わたし、紫苑の国が好きだった。一つに染まらなくて、ずっと、どこかが変化し続けて、成長し続ける国。生き生きとした国」

わたしの国は長い間変化しなかったから、紫苑が眩《まぶ》しかった。強い意志、どこまでも前を見据《みす》え、真っ直《す》ぐ立つ。変化していく国のありようは、紫苑自身を表しているようだった。自分には持ちえない部分を持つ紫苑と比較《ひかく》したりしたけど、苦しいなんて思わなかった。反対だ。決して自分の才をひけらかさず、ひたすらに国のためを想う姿に惹《ひ》かれずにはいられなかった。

「紫苑と会う時間は嬉《うれ》しかった。楽しくて、穏やかでいられて」

つかの間、何もかもを考えずにいられた。現実逃避《とうひ》でもあっただろうけど、ずっとこうしていられたらと思ったこともある。

「そうか」

それなら良かったと、少し安堵したように紫苑は言う。

「俺は、確かに王だった睡蓮を尊敬していた。こんな王になれればいいと思っていたときもあった。だが俺が好きになったのは西燕国王だからじゃない。睡蓮が俺に見せていた面が王としての面であり続けていたと言うのなら、今改めて言う」

紫苑の手がわたしの頬《ほお》に添《そ》えられ、そっと顔を上げさせられた。見上げた先では、紫《むらさき》の瞳《ひとみ》がわたしを見つめていた。

「愛してる」


その一言に、鼓動《こどう》がどくんと大きく打った。

「再会して、一緒《いっしょ》に時間を過ごして、変わらない姿と、王でなければこんな風だったんだろうっていう姿を見た。笑顔《えがお》が俺が知っているものより子どもっぽいようでいて、弟を守るっていう意志の強さは前世俺が接したお前のどの思いより強く感じた。危なっかしくもあって、目が離《はな》せなくて、俺はまた惹かれるばかりでお前のために何が何でも手を尽《つ》くしたかった。花鈴、俺はお前が好きだ」

熱を帯びた声に囁《ささや》かれ、顔が熱くなる。

紫苑は今のわたし、花鈴を知りたいと言ってくれた。王でなくても好いていてくれることが嬉しく、安堵もした。そうしてわたしの話を聞き、全《すべ》てを受け止め、変わらず想いを囁いた紫苑が言うのだ。

「これからも、知らない姿があるなら知りたい。俺は花鈴と生きていきたい。二度と失いたくない。以前は互《たが》いに王だったから叶《かな》わなかったが、俺の側で、俺と同じ時間を生きてくれないか」

「それが俺にとっての幸福だ」と言われて、心が震えた。抱きしめられた腕《うで》の中で、紫苑の服を握《にぎ》った。

「絶対に、共に過ごす時間を苦痛になんて感じさせない」

苦痛になるはずがないと思った。だってわたしは……。今度はわたしがその懸念《けねん》を払《はら》う番だった。

「わたしの幸せは、紫苑といることよ」

惹かれてやまない紫の目を見つめ返し、伝える。

「紫苑のことが好き。──愛しているの」

紫苑がわたしに向けてくれたものと同じ意味で、同じ想いで言葉にした。

目の前の目が驚《おどろ》きに染まった。

「前から。ずっと、言えなかった」

二百年前、死ぬ前から。ずっと前から。でも、言えなかった。

王としての道を歩んでいては、決して結ばれることはあり得ない立場にある人との未来を夢見たことがある。夢見るのは勝手だから。

「紫苑と会えるのが嬉しかった。楽しかった」

想いを自覚してからは特別嬉しくて、特別楽しかった。どれだけ時を重ねても、特別さは変わらなかった。

「でもわたしも紫苑も王で、隣《となり》に立つことはできなくて、同じ道を歩いていくこともできなかった。だから、言えなくて……紫苑が、そう思ってくれてるとも思ってなくて……」

その体で覆《おお》い隠してしまうほどに、わたしをより深く優しく抱きしめた紫苑は、「……ああ、そうだな。俺も、思っていた」と言った。

「以前は、俺も睡蓮も王だったから。その関係は変えられないにしろ、同じ時の流れを生きていけるだけで十分だと思おうとしていた」

わたしも以前王であったとき、紫苑と会うたびにそう思っていた。

今世で紫苑がわたしにくれた多くの言葉は、前世で望み、諦《あきら》めてきたものばかりだった。だからこそ戸惑《とまど》った。名前とともに前世に置いてきた感情を引きずり出され、何度心が揺《ゆ》さぶられたか。

紫苑に想《おも》いを告げ、紫苑の側で、紫苑と一緒に生きられたらいいのに——。

それは前世でわたしが口には出せず、叶うはずもないと諦めていたたった一つの本当の望みだ。

「わたし、紫苑と生きていきたい。同じようで、いつかは別々になってしまう時じゃなくて、正真正銘《しょうしんしょうめい》同じ時を生きたい。紫苑の側で、紫苑を感じて生きていきたい……」

同じ永い時を生きる存在でも、所詮《しょせん》は他《ほか》の国の王。いつどちらの時が絶たれるか分からなかった。国や民《たみ》を背負っているからこそ、共に生きることも死ぬこともできなかった。

でも、もう違《ちが》う。

「そう、望んでくれるのか。俺の側で、俺と一緒に、同じ時を生きてくれるのか」

「紫苑が望んでくれるなら」

そう言うと、今まで抑《おさ》えていたのか優しく包むようだった腕の力が、離してしまわないように、そしてしがみつくように強くなった。苦しいくらい。

「俺は、二度と離さないぞ」

その言葉がとても愛《いと》しくて、仕方がない。

「うん。離さないで。わたしも離れようなんて思わない」

「それなら」

不意に、紫苑の体が離れたと思ったら、紫苑が自らの指にはめていた指輪を外し、わたしを見つめる。

「これを、受け取ってくれるな？」

王が持つ白い指輪。人の域を超《こ》えた時間を生きる王への手向《たむ》けとして、神は愛する者と生きる権利を与《あた》えた。この指輪がある限り、王が生きる時を伴侶《はんりょ》も共に不老の身として生き続ける。

共に生きる証《あかし》だ。声を出せず頷《うなず》くわたしの指に紫苑が指輪を通すと、指輪はあつらえたもののようにぴったりとはまる。

「一生、幸せにすると誓《ちか》う」

再度わたしを抱き寄せ、そう囁き指輪に口づけを落とした。わたしは微笑《ほほえ》みを零《こぼ》し、想いを込め、囁き返した。

「あなたの側《そば》にいられるのなら」

わたしは、紫苑と生きていくのだ。

あとがき

この度は『千年王国の華《はな》　転生女王は二度目の生で恋《こ》い願う』をお手に取っていただき、誠《まこと》にありがとうございます。久浪《くなみ》と申します。

この作品はカクヨムにて連載《れんさい》していたものを、角川ビーンズ小説大賞にて奨励賞《しょうれい》をいただき、刊行に際して改題・改稿致《かいこういた》しました。受賞から一年ほどを経《へ》て、皆様《みなさま》にお届けできて嬉《うれ》しく思います。

一度目の生から二百年後に生まれ変わった花鈴《かりん》の物語はいかがでしたでしょうか？　楽しんでいただけたならば幸いです。

主人公・花鈴始め、紫苑《しおん》や蛍火《けいか》、宗流《そうりゅう》など、登場人物の誰《だれ》かを気に入っていただけたならなお嬉しいなあと思っております。

また、作中には花鈴&蛍火、紫苑&宗流という二組の主従が出てきているわけですが（花鈴&蛍火は『元』ですが）、どちらの主従の方が気に入っていただけたかなというのも気になるところです。私個人としては、悩《なや》ましいです。

この度《たび》このように、この作品を刊行するにあたってお世話になった皆様に、この場をお借りしてお礼を申し上げます。

大変お力をお借りしました担当様、私の中にぼんやりとしかなかった登場人物達の姿を鮮《あざ》やかに描《えが》き出してくださったトミダトモミ先生、当作品に関わってくださった皆様、本当にありがとうございます。

最後に、本を手に取り、読んでくださった皆様へ。少しでも面白《おもしろ》かったと思えるような物語であったことを願っております。

久浪

「千年王国の華 転生女王は二度目の生で恋い願う」の感想をお寄せください。
おたよりのあて先
〒102-8177 東京都千代田区富士見2-13-3
株式会社KADOKAWA 角川ビーンズ文庫編集部気付
「久浪」先生・「トミダトモミ」先生
また、編集部へのご意見ご希望は、同じ住所で「ビーンズ文庫編集部」
までお寄せください。

千年王国《せんねんおうこく》の華《はな》
転生女王《てんせいじよおう》は二度目《にどめ》の生《せい》で恋《こ》い願《ねが》う
久浪《くなみ》

角川ビーンズ文庫 22941

令和3年12月1日 初版発行

発行者――青柳昌行
発 行――株式会社KADOKAWA
〒102-8177 東京都千代田区富士見2-13-3
電話 0570-002-301（ナビダイヤル）
印刷所――株式会社暁印刷
製本所――本間製本株式会社
装幀者――micro fish

ISBN978-4-04-112041-5 C0193 定価はカバーに表示してあります。 ◇◇◇

火・水・風・土の力を持つ砂を操り魔法を使う砂魔法師。
ルーナは才能を認められ、兄のルカとウルビス学園に入学する。
期待に胸を膨らませるけれど、庶民だからと補欠扱い、
さらに何者かに命を狙われて——!?

●角川ビーンズ文庫●

とらわれ花姫の幸せな誤算
仮面に隠された恋の名は
著◆青田《あおた》かずみ
イラスト◆椎名《しいな》咲月《さつき》
第19回 角川ビーンズ小説大賞 奨励賞 受賞作
結婚相手は顔も知らない、
敵国の皇子……
運命を背負う王女の
ラブロマンス！
フロレラーラ王国の第一王女ルーティエは、幼馴染みの同盟国王子と幸せな結婚を迎える――はずだった。
結婚式の最中、突如国が攻められ、人質として敵国に嫁ぐことに。
しかも相手は、不気味な仮面をつけた皇子で!?

シリーズ好評発売中!!!!!
グランドール王国再生録
破滅の悪役王女ですが
救国エンドをお望みです
転職先は悪役王女でした!
バッドエンド回避のカギは
王国再建!?
フロースコミックにて
コミカライズ
好評連載中!
麻木琴加《まきことか》
イラスト 逆木《さかき》ルミヲ

伯爵令嬢シェイラの前世は、100年前にクーデターで命を落とした悲劇の女王・アレクシア。後宮入りしたシェイラの前に現れた国王・フェリクスには、なぜか前世の初恋の従騎士・クラウスの面影があって……?

●角川ビーンズ文庫●

伯爵令嬢アシュリーの前世は、勇者に滅ぼされた魔族の黒ウサギ。ある日、勇者の子孫である王弟のクライド殿下との婚約が決まってしまう。恐怖で彼を避けまくるアシュリーに、彼はイジワルな笑顔で迫ってきて……!?

異母妹を虐げていると噂される、悪名高い白蓮。
皇帝の寵愛を得たのは異母妹……なのに白蓮は得意の錬金術で、
後宮で異母妹を貶める罠を次々と暴いていく。
だが、皇帝呪殺を狙う事件が！　しかも犯人は……白蓮!?

●角川ビーンズ文庫●

角川ビーンズ小説大賞
原稿募集中!
君の"物語"がここから始まる!
角川ビーンズ小説大賞がパワーアップ!
https://beans.kadokawa.co.jp
詳細は公式サイトでチェック!!!
【一般部門】&【WEBテーマ部門】
賞金 大賞 100万円 優秀賞 30万円 他副賞
締切 3月31日
発表 9月発表(予定)
イラスト/紫 真依